KB098885

다정하다고
말해주세요

다정하다고
말해주세요

권나무 산문집

기억과 기록의 시차가 만드는 사랑의 환상

나는 지금 그곳에 살고 있지 않습니다

차 례

2부

비는 누군가의
슬픔 위로 내린다

3부

아름다운 것들은
조용히 반짝여

1부

기쁨은 어디에서 올까

슬픈 노래

내가 슬픈 노래를 부른다고 해서 나를 위로할 필요는 없습니다. 조금 덜 아픈 사람이 조금 더 아픈 사람을 위해 쓰는 것이 시라면, 조금 덜 슬픈 사람이 조금 더 슬픈 사람을 위해 부르는 것이 노래이기 때문입니다. 다만 내가 노래하는 것이 오직 나의 슬픔이기보다는 누군가의 슬픔에도 가까웠으면 좋겠습니다.

음악의 창작과 표현은 결국 보편 감정에 대한 경외를 갖게 합니다. 그것은 나의 마음속에 깊은 강이 있다면 그 역시 너의 마음속에도 있을 것임을 아는 존중이며, 너의 마음속에 밝은 별이 있다면 그것 역시 나의 마음속에서도 빛나고 있을 것임을 아는 자존입니다.

불운에 대한 직감

올해는 조심해야 한다. 나를 둘러싼 일들이, 온 세상이 나에게 그렇게 속삭이는 것만 같다. 언젠가 모든 것이 순조로웠던 때가 있었다. 내가 노력한 것에 비해 너무 많은 것을 얻었다. 크고 밝은 빛이 항상 내 뒤를 지키고 있는 듯했다. 생각해보라. 내가 보여지길 원하는 모습으로 사람들에게 보일 수 있는 삶을. 한 번이라도 잠깐이라도 느껴본 적이 있는 사람은 언제나 그때를 다시 기다릴 수밖에 없을 것이다.

내가 스스로 빛나는 순간에는 내 주변도 온통 빛나 보인다. 그때 스스로를 얼마나 던져볼 수 있느냐에 따라 삶이 큰 전환을 맞기도 한다. 나에게도 그렇게 빛나는 날들이 있었다. 그리고 나의 환한 날들이 언제나 내 주변의 행복과 연결되는 것은 아님을 함께 배웠다.

그에 반해 요즘은 아주 아슬아슬하다. 올해는 이 정도로 적당히 힘들거나 무언가 최대한 노력해도 크게 빛을 보기 힘든 한 해가 될 것 같다. 뭔가 찝찝한 기분이 들거나 완전히 개운하지 않은 작은 일들은 늘 크고 무거운 일들의 전조가 된다. 불안이 나를 감싸며 불운과 오해가 나에게 다가올 준비를 마치고 하나씩 차례를 기다리고 있는 것만 같다. 내가 하지 않은 일들로 사과하게 되고, 내가 원하지 않은 호의에 감사해야 하는 일도 많을 것이다. 오랫동안 사력을 다해온 일에 대한 보상은 다른 사람이 얻게 되고, 나는 환하게 웃지도 그렇다고 조용히 울지도 못한 채 식은 커피를 입술에 적시는 날들이 이어질 것이다. 어떻게 해야 할까. 무언가 어두운 날들이 다가오고 있다는 것을 강하게 직감하면서도 내가 미리 할 수 있는 건 별로 없다. 마침내 긴 터널에 들어설 때에는 이 어둠에도 끝이 있다는 것을 나 자신에

17

게 끊임없이 말해주어야 한다. 어두운 때에는 어둠을 받아들이고 또 받아들이면서 묵묵히 걸어가는 것밖에 달리 방법이 없다.

젊음의 열정과 뜨거움이면 모두가 내게 길을 열어주던 날들이 지나고, 이제는 쉬이 불을 끄지 못한 채 머리와 가슴으로 쏟아지는 질문들에 단정하고 선명하게 대답해야 하는 시간이다.

샤워

    퇴근 후에는 가장 먼저 샤워를 한다. 샤워는 터널이다. 직장인으로 진입해서는 내가 되어 빠져나온다. 정신없는 하루를 마치고 물을 한참 맞고 서 있으면 별것 아닌 건 다 씻겨가고 정말 무거운 것만 남는다. 그래서인지 중요한 고민과 선택들은 대부분 욕실에서 이루어진다. 수건으로 위에서부터 아래로 닦는다. 다리를 닦으려 몸을 구부릴 때 천장에 맺힌 물방울들이 등에 떨어지는 것이 싫다. 그것은 온갖 현상들을 불길함의 신호로 해석해대던 유년 시절의 습관이 남긴 흔적이다. 거울 앞에 선 내 몸을 바라본다. 이런 나를 아주 잠깐이라도 사랑해준 사람들을 떠올려본다. 단한 명도 없었다면 또는 단 한 명뿐이었다면 나는 어느 밤욕조에 잠겨 다시 걸어나오지 않았을지도 모른다. 그들은왜 나를 사랑한다 했을까. 그리고 왜 내가 그냥 떠나게 두었을까. 둘 다 제대로 물어본 적이 없다.

새 옷으로 갈아입고 오래된 사진을 꺼내본다. 마지못해찍은 것도 많은데 결국 이렇게 역사가 되었다. 기억되고 싶은 모습으로 기억될 수 없는 건 나 스스로에게도 마찬가지다. 사진은 슬픔이다. 지금은 곁에 없는 것들이다. 책상에앉아 턱을 괴고서, 이천십이 년에 턱을 괴고 일하는 모습이찍힌 사진을 본다. 내가 맞네. 어차피 이렇게 될 거였다면좀더 주장하며 살 걸 그랬다. 사진 속 그날로부터 꾸준히잃어온 것은 눈빛이다.

얼음을 넣은 물을 한 잔 마시고 옷장을 열어 오래 신은양말들을 쓰레기통에 버렸다.

환절기

오— 쌀쌀해!

춥다는 말을 이렇게 갑자기 하게 될 줄이야

계절은 언제나 잠든 어느 밤에 몰래 바뀌는 모양인데

운좋게 그날이 언제인지 알 수만 있다면

한 번쯤 밤새 계절이 바뀌는 순간을 기다려볼 텐데

알겠어 미안해

냉소가 자꾸 커집니다

노래를 부르는 사람이 미웠던 이유는
내가 노래를 더 잘한다고 생각해서입니다
그런데 노래를 더 잘한다는 건 어떤 걸까요
나는 주장하지는 못했지만 틀림없이 알고 있습니다

삼 년 만에 다시 일을 시작한 선배가
너는 사랑이 뭐라고 생각하느냐 물어서

알겠어 미안해, 라고 말하는 거라 했습니다
무슨 그런 싱거운 소리만 하느냐고 타박을 받았습니다

선배는 사람들이 책을 빌려가면 돌려주지 않는다고 했고
나는 사람들이 빌린 책을 갚을 때는
그 책을 어떻게 읽었는지도
같이 돌려주면 좋겠다고 말했습니다

슬플수록 잃어버리는 건 슬픔입니다
나는 조용한 밤을 원하면서도
누군가 나를 위해 계속 떠들어주기를 바랐습니다

텅 빈 종로에서 우연한 유혹에 빠지기를 희망하였지만
결국 집으로 돌아오고 만 나의 영혼이
가엾기도 기특하기도 한 분열의 밤입니다

기쁨은 어디에서 올까

달콤한 식혜를 따라 마셨다. 기쁨은 어디에서 올까. 책장의 책들을 다 찢어버리는 상상을 한다. 하모니카를 불어보다가 옥수수가 떠오르는 빈곤한 영감이 싫다. 몸과 정신을 한계까지 밀어붙이며 몇 년을 살았다. 큰 숨을 내쉬고 손바닥을 펴보니 잡히는 건 모두 과거였다.

몸이 결리면 아픈 곳의 정반대 쪽을 마사지해보라던 물리치료사의 조언을 떠올리며 내가 내 몸마저 속일 수 있는 기만의 효용에 대해 생각한다. 이십사 층 계단을 쉬지 않고 오르기 위해서는 여기가 몇 층인지 모르는 게 낫다.

나는 전원의 삶을 동경하지는 않지만 오늘 같은 날이면
흐린 바닷가나 비 그친 숲길이 생각의 종점이 된다.

짜증에 관한 연구

나의 짜증에 관한 연구 결과에 따르면, 명치와 턱의 중간쯤 되는 곳에 최근 오 년 이내 만들어진 것으로 추정되는 아주 깊은 해구가 발견되었다고 한다. 가장 먼저 과학자들이 정체를 알 수 없는 해구 탐사를 위해 수차례 나노 입자 크기의 심해 잠수정을 투입해보았지만 빛이 1밀리미터도 채 직진할 수 없는 캄캄하고 막막한 어둠과 빽빽하게 들어 찬 희뿌연 먼지들로 인해 모두 실패하고 말았다.

반복되는 실패에 지친 과학자들은 결국 과학적 접근을

포기하기로 했다. 대신 그들은 위대한 시인들을 수소문하기 시작했는데 시인들이야말로 설명 불가능한 것들을 설명할 수 있을 거라는 기대 때문이었다. 시인들은 깊은 사색 끝에 해구 속에 무섭게 생긴 물고기가 산다는 것을 알게 되었다. 빛이 들지 않기 때문에 눈은 퇴화되었고 그 깊은 곳까지 가끔 찾아오는 먹잇감을 절대 놓쳐서는 안 되기 때문에 이빨이 매우 날카롭다고 했다. 그 물고기는 주로 심해 플랑크톤을 먹고 사는데 그것들은 미처 다 해소하지 못한 한낮의 감정들이 많아질수록 밤새 증식한다고 했다. 학자들은 시인들의 빛나는 통찰로 물고기의 존재를 알게 되었고, 우선 먹잇감을 없애는 것만이 물고기를 없앨 수 있는 본질적인 방법이라는 것에 대해서도 동의했지만 여전히 해구가 왜 만들어졌는지에 관해서는 알아낼 수 없었다.

시인들이 한계에 봉착하자 이번에는 의사들이 연구에 참여했다. 의사들은 우선 CT와 MRI 촬영을 권했고 이곳저곳 살펴보더니 곧 안경을 올려 쓰며 말했다. 왼쪽 2번, 3번 갈비뼈 부근에서 다량의 염증이 발견되었으며 시간이 지날수록 해구가 점점 더 깊어지는 원인도 바로 그 때문이라는 것이었다. 의사들은 조금의 머뭇거림도 없이 사흘 치의 항

생제를 처방해주었고 너무 손쉬워 보이는 결론에 모두가 조금 허탈해했다. 그러나 약을 다 먹어도 도무지 짜증이 줄지 않자 그들은 급히 다시 회의를 하더니 이번에는 갑자기 수술이 꼭 필요하다고 했다. 수술은 우선 메스로 가슴을 열고 갈비뼈를 잘라내어 흐르는 물에 깨끗이 씻은 다음 헤어드라이어로 충분히 말린 뒤 천연오일로 보습을 하고 다시 제자리에 붙여 넣는 과정이라고 했다. 짜증이 난다는 이유로 갈비뼈를 잘라내어야 한다니. 마치 손톱을 깎기 위해 손가락을 잘랐다 붙이겠다는 것과 비슷해 보였다. 잘 마친다한들 해구가 깊어지는 속도를 잠깐이나마 늦출 수야 있겠지만 이 역시 그 존재 이유를 찾거나 존재 자체를 없애지는 못할 것이기에 결국 수술은 하지 않기로 했다.

일단 한번 칼을 대고 보자는 의사들의 주장을 가만히 지켜보던 철학자들도 조금씩 목소리를 내기 시작했다. 그들은 오직 해구의 존재론적 탐구를 통해서만 이 문제를 해결할 수 있다고 보았다. 그들은 각자 충분히 사유하기 위해 적어도 다섯 달의 시간이 필요하며, 이후 몇 차례 모여 치열하게 논쟁할 수 있는 한 달의 시간이 더 필요하다고 했다. 더불어 그 철학적 토론의 결과로 아무것도 얻을 수 없더라도 구조화된 사유의 향유와 논쟁 과정에 대한 섬밀한 기록만으로도 충분히 가치 있는 일이다 여길 것임을 미리 선언하기도 했다. 이를 지켜보던 사람들은 그들의 단호함에 놀라며 무언가 생각에 잠긴 듯해 보였지만, 그리 오래지 않아 기지개를 켜고 홀가분해하며 각자의 길로 몸을 돌려 떠나고 있었다. 모두가 떠나자 그들은 말없이 고개를 끄덕이거나 하늘을 바라보며 주변을 서성이고 있었고, 멍하니 서 있던 나는 주머니에서 알록달록한 막대사탕을 몇 개 꺼내어 그들 손에 쥐어주었다.

" "와 ' '

"아이들이 자전거를 타고 학교에 오지 못하게 하세요. 집이 먼 것도 아니고 괜히 타고 나왔다가 재수 없이 사고라도 나면 괜히 우리가 골치 아파지니까 애초에 못 타게 하세요. 책임은 누가 집니까. 다 학교 책임이에요. 사서 고생 말고 편하게 갑시다, 편하게. 괜히 동의서니 뭐니 그런 건 생각도 마세요. 다 쓸모없으니까."

'그런데 있잖아요, 교장 선생님. 엉덩이를 들썩거리면서 아침 바람을 맞으며 자전거를 타면 얼마나 신나고 좋은지 모르시죠. 아마 어릴 때 적어도 한 번쯤은 그래 본 적이 있으셨겠지만 어느새 잊으셨을 수도 있고요. 어쨌든 그건 바로 그때만 느낄 수 있는 감정이죠. 그걸 아시는 분이라면 이렇게만 말씀하실 순 없을 거예요. 아이들에게 조금의 미안함은 가져야죠. 안전하게 자전거 하나 못 타는 세상 만들어놓은 게 우리 어른들인데요. 아이들 다치는 걸 걱정하시는 거라면 잘 알겠는데요, 안 다치게 잘 탈 수 있도록 가르치고 스스로 안전하게 자전거를 잘 탈 수 있게 하는 게 우리가 할 일 아닐까요.

뭐가 그리 겁나서 심지어 이 시골길 차 한 대도 만나기 어려운 곳에서 아이들이 즐겁게 학교 오겠다는데 그것도 못하게 막아야 할까요. 아이들 운동장에서 뛰어놀다가 넘어져서 무릎에 피 철철 나지 않을까, 교장 선생님 만나러 이 층까지 계단을 올라오다 굴러서 머리 깨질까 걱정되셔서 어떻게 지내십니까. 교장실도 일 층으로 옮기지 그러셨어요. 밥 먹다가 갑자기 재수 없게 밥알이 목에 걸려서 호흡 곤란이라도 오지 않을까 걱정돼서 학교에서 아이들 급식은 어떻게 먹입니까. 날마다 쌀음료나 마시게 할 건가요. 교장 선생님, 겁이 나서 세상을 제대로 배우지도 느끼지도 못한다고 생각하면 그것이야말로 비극이지 않을까요. 아이들 다치는 거, 그 책임 떠안는 건 그렇게 걱정하시면서 아이들이 배워야 할 것, 느껴야 할 것들을 마음대로 막아서고는 그 무거운 책임에 대해서는 왜 아무 말씀이 없으십니까. 우리 반 아이들 자전거를 못 타게 하실 셈이면 저를 먼저 설득해주시면 좋겠어요. 그냥 겁쟁이가 되는 것은 너무 쉬운 선택이에요. 아이들이 걷고 뛰기까지 얼마나 많이 넘어지며 배웁니까. 무엇이든 능숙해지기 전까지는 좌충우돌하며 배운다는 걸 잘 아시지 않습니까. 이렇게 말하면 제가 아이들을 위험으로 내몬다고 생각하실 수도 있겠죠. 하지만 이것도 저것도 하지 못하는 삶보다야 이것저것 해볼 수 있는 삶이 더 가치 있지 않을까요. 아이들이 감당 가능한 위험을 스스로 선택할 수 있게 해주세요. 그것도 교육이고 존중이니까요. 이미 우리가 겁쟁이라고 해서 아이들도 겁쟁이로 키울 필요는 없지 않겠습니까.

대체 당신께서는 무슨 책임을 얼마나 제대로 지시려고 말끝마다 책임, 책임을 달고 계십니까. 제가 배운 책임은 소중한 무언가를 지키기 위해 필요한 것이었습니다. 당신은 무엇을 지키고자 하십니까. 지키고 싶은 것이 당신의 안

위입니까, 아이들의 안전입니까. 어디에 더 가깝습니까. 이 작은 시골학교의 백 명도 안 되는 아이들이 즐겁게 등교하는 그 시간 하나도 책임지지 못하면서 대체 무엇을 어떻게 책임지겠다는 말입니까.'

봄, 여름

읽다 만 책들이 많다
누군가는 나를 그렇게

노래들은 점점 짧아지고
삼 분 삼십 초 안에
별 지랄을 다 해야 된다
파파이스에서 치킨텐더를 튀기는
시간이 삼 분 삼십 초였다

답장이 어려웠던 것은

내 음악을 좋아하던 친구를 애도함에

동참해달라던 편지였다

나는 갑자기 낯선 책임감에 휩싸였지만

슬프지는 못했다

대신 이른봄에 만나

친구 이야기를 천천히 들려달라 했다

비가 오니까 그렇겠지

매미가 울지 않는다

일의 종류

일에는 크게 두 종류가 있다. '내가 담겨 있어야 하는 일'
과 '내가 담겨 있지 않아야 하는 일'이다.

내가 담겨 있어야 하는 일은 필요에 따라 드러내야 하고
주장해야 하며, 판단하고 선언할 수 있어야 한다. 선명하게
선택해야 하며, 놓치게 되는 것에 대해서는 눈감을 줄도 알
아야 한다. 뒤따르는 책임을 완전하게 수용해야 하며 모든
일이 끝난 뒤에는 배제하고 유예한 것들을 다시 살필 섬세함
과 용기가 필요하다.

내가 담겨 있지 않아야 하는 일은 늘 한발 물러서서 기다리며 믿어야 한다. 나를 먼저 드러내기보다는 모두가 마음껏 자신을 드러낼 수 있는 안전한 분위기를 만들어야 한다. 각자 자신에게 잘 맞는 자리를 찾거나 만들 수 있도록 조력해야 하며, 서로 다른 언어들을 확인하고 조정하여 분리하거나 연결해야 한다. 모든 일이 끝난 뒤에는 누구보다 먼저 모두에게 박수를 보낼 수 있어야 하며, 다른 이들의 충만함 속에 나의 충만함이 조금씩 나뉘어져 담겨 있음을 감사할 수 있어야 한다.

창작의 가치

자신이 누구인지를 알기 위해서는 자신이 무엇을 좋아하는지, 무엇을 잘하는지, 무엇을 할 때 즐거운지 스스로에게 질문을 던질 수 있어야 합니다. 그리고 그것에 대답하기 위해서는 취향이 있어야 합니다. 취향은 선택입니다. 선택은 선택한 것과 그렇지 않은 것 사이의 우선순위에 관한 직관적이면서도 동시에 이성적인 판단이자 주장입니다. 어떤 형태의 창작이든 본질적으로 비어 있는 공간에 자신이 가장 적확하다고 생각하는 것을 배치하는 선택의 과정을 포함하고 있습니다. 글쓰기가 그러하고 작곡이나 작사, 드로

잉과 페인팅이 그렇습니다. 감정이나 정서, 상념이나 관념을 붙잡아 자신이 원하는 언어나 멜로디, 점, 선, 면, 색채 등을 활용하여 표현할 때에는 자신의 작품이 어떤 모습이 되어가기를 원하는지, 어떻게 표현하는 것이 아름다운지 그 선택과 판단의 과정이 자연스럽고 풍부하게 연결될 수밖에 없습니다. 깊이 있는 창작의 경험은 자신에 대한 이해를 넓힐 수 있는 소중한 기회가 됩니다.

우리는 자신에 대한 이해를 바탕으로 타인과 의미 있는 관계를 맺으며 살아갑니다. 타인과의 의미 있는 관계 맺음을 위해서는 공감력이 바탕이 되어야 하며, 공감의 지평은 무엇보다 다양성의 수용을 통해 넓혀갈 수 있습니다. 그 기회는 깊은 창작의 경험 뒤 창작의 산물을 표현해내는 과정에서 얻게 됩니다. 표현은 창작 과정에서 자기 내면의 것을 외부로 방출하는 행위 자체를 지칭하기도 하지만, 창작물을 최종적으로 확정하고, 그것을 작품으로 엮어내거나 전시·공연을 통해 타인에게 자신의 의도나 주장을 자신이 원하는 형태로 전달하는 과정을 포함합니다. 이는 창작자가 작품으로 자기 자신을 드러내는 과정이자 세상을 향해 말을 거는 능동적인 행위로서, 자신을 둘러싼 세계와 주체적으로 연결되는 경험입니다. 그후 창작자는 작품을 접한 관객들의 감상이나 해석, 비평 등을 통해 자신의 기대목표와 타인의 기대목표 사이의 간극을 확인하게 됩니다. 그 간극은 의미의 진공으로서 창작자는 기존의 자기 인식 체계로는 정의할 수 없음을 직면하고, 인정하게 됩니다. 이러한 의미에서 표현의 과정은 내면의 방출이자 또다른 의미의 수용입니다.

의미의 진공을 새로운 언어로 채워나가기 위해서 창작자는 자신과 불화해야 합니다. 창작은 새로운 자기 인식을 통해서만 가능하기 때문입니다. 창작자는 결국 다시금 자신이 누구인지에 관한 최초의 질문으로 돌아갈 수밖에 없습니다. 되돌아간 자리에서 틀림없이 이전과는 다른 자신을 만나게 되고 인정과 수용을 지나 마침내 자신과 화해하게 됩니다. 이렇듯 창작과 표현은 나-작품-세계 사이의 끊임없는 대화이자 순환의 과정입니다. 창작을 통해 우리는 창작자들과 작품에 대한 공감각과 다양성에 대한 수용을 충분히 뛰어넘어 타인과 세계의 존재 자체에 대한 존중으로 나아갈 수 있습니다. 그것은 창작의 과정이 원을 그리듯 다시 자신에게 되돌아오고 마는 평면적 순환이라기보다는, 외부와 연결된 자신을 알아채며 세상 속으로 나아가는 나선으로서의 입체적 순환이기 때문입니다.

좋은 결과

　근사한 결과만 생각한다면 이렇게 허투루 시간을 보낼 수는 없습니다. 하지만 결과란 과연 무엇입니까. 먼저 예측할 수 있는 것입니까, 반드시 뒤에 따라오는 것입니까. 무언가를 한다면 결과는 생기게 마련입니다. 무언가를 했는데 아무것도 생기지 않았다면 아무것도 안 생겼다는 것 자체가 생긴 것입니다. 결과가 있느냐 없느냐 묻는 것은 한마디로 하나 마나 한 소리입니다. 신경쓸 필요가 없습니다. 결과는 어떻게든 그냥 생깁니다. 어떤 결과냐가 중요하겠지요. 나에게 어떤 식으로든 유의미하다면 그것이 곧 좋은 결과입니다. 그렇다면 좋은 결과는 어떻게 얻어질까요.

무엇을 하든 절대 실패할 리 없는 방법이 한 가지 있다면 바로 '자신만이 할 수 있는 것'을 하는 겁니다. 노래를 부르든 그림을 그리든 자기가 할 수 있는 방법으로 그냥 하는 겁니다. 스스로에게 솔직할 수 있다면 누구나 자신만의 것을 만들 수 있습니다. 우리는 모두 저마다 다르고 각자 고유하기 때문입니다. 진정 '누군가의 것' 앞에서 함부로 손가락질을 할 수 있는 사람은 없습니다. 하지만 타인의 시선으로부터 자유로운 게 우리의 최종 목표는 아닐 겁니다. '무엇으로부터'의 자유는 진정한 자유가 아닙니다. 그냥 자유로워야 하죠. 심지어 자유로울 수 있는 것도 아닌, 존재 자체로 자유로운 것 말입니다.

가진 언어의 빈곤함을 인정하면서도 좌절하지 않고 어떻게든 기록하는 것도 중요합니다. 결국에 내가 남긴 것들은 어떤 식으로든 자격을 부여받아 마땅히, 영원히 존재하게 됩니다. 한숨 자고 일어나면 어제의 기록 덕분에 나는 어느새 내가 하고 싶은 말을 한 사람이 되어 있습니다. 그

것이 중요하지 않겠습니까. 아마 지금 제가 하는 이 말들도
마찬가지일 겁니다.

사이비

학교에서 아이들을 데리고 직업 체험 교육을 간 적이 있다. 요즘은 그런 곳들도 여럿 생기고 또 어떻게 바뀌었는지 잘 모르겠지만 처음 그곳에 방문하게 되었을 때의 느낀 점을 기록해두었다.

선생으로서 이곳에 아이들을 데려온 것이 후회가 되기도 했고 이렇게 후회할 일이었다면 하지 않았어야 했다고 생각했다. 모든 교육에는 그 의도나 목적과는 상관없이 발생하는 잠재적 배움이 있다고 생각한다. 아름답고 근사하다고 생각하는 것들만 먹고 산다고 해서 건강해지는 것은 아닌 것처럼 이날은 비록 내가 선생으로서 아쉬운 길로 제자들을 안내했을지언정 아이들은 나름대로 그 안에서 무엇이든 배웠을 것이다. 비루한 하루 속에서 조금이라도 내 영혼을 건져올리고 나서야 잠을 청하게 되는 나의 강박에 대해서는 틀림없이 심리학적으로 문제적 소견이 있을 것이다. 무튼. 이런 곳에선 돈으로 여러 가지 삶을 구매해볼 수 있다. 거대한 세트장 같은 직업 체험 부스들을 잔뜩 갖추고 있는데 하나하나가 진짜 피자 가게 같고 택배 회사 같고 경찰서 같다. 마치 아이들만 모여 사는 작은 마을같이 생생하게 느껴진다. 좋아하는 아이들도 많다. 그래서인지 많은 학교나 유치원에서 의외로 진로교육 직업교육의 일환으로 큰 고민 없이 찾는 것으로 안다.

이곳에 오기 전부터 내가 불편하게 느끼는 것이 무엇일까 자문해보았으나 직접 보고 경험하지 못한 상황에서는 그 이유를 잘 말할 수 없었다. 여러 가지 의견에 떠밀려 부끄럽게도 나는 이곳에 아이들을 데려오고 말았고 표를 얻어 입구를 통과하고 나서야 선명하게 알게 되었다. 내가 불편했던 이유는 바로 '모호함' 때문이었다. 이곳은 진짜와 가짜의 경계가 모호하다.

나는 이런 것들이 사이비라고 생각한다. 겉으로는 비슷한 것 같지만 근본적으로는 다른 것들 말이다. 이를테면 이곳은 여러 가지 직업들의 속성 중에서 긍정성만을 지나치게 강화하고 있다. 모든 것이 너무나 쾌적하고 수월하다. 이곳의 유일한 부정성은 인기가 많은 직업을 체험하기 위해서 꽤 오래 기다려야 한다는 것뿐이다. 택배 회사에 취직해도 재미있게 트럭에 올라타고 뛰어내리며 여기저기를 다니다 박스를 툭 던져놓으면 그뿐이다. 박스들도 거의 무게가 나가지 않는 빈 상자들이다. 요리 체험을 하러 들어가도 토핑을 몇 개 얹고 나면 금방 작은 피자가 완성되어 나온다. 애초에 불편하고 어려운 일은 아이들에게 제공되지 않는다. 이것이야말로 패스트에듀케이션이다. 부스별로 나름 여러 가지 체험 프로그램이 구성되어 있고 결과물도 나쁘지 않아 보이지만 사실 그 과정에서 아이들은 오히려 소외된다. 아이들은 주체로 참여하는 것처럼 보이지만 어른들이 꾸며놓은 가짜 세상에서 적당히 즐기고 적당히 만져보면서 적당히만 배우면 되는 것이다. 실제로 피자 한 판을 만드는 게 그리 쉬운 일은 아니지 않나. 먹고 싶은 토핑만

뿌린다고 피자가 되는 것은 아니니까. 적절히 힘을 써가며 좋은 반죽을 만들고 손끝의 감각으로 도우를 펼치는 일 등은 철저하게 배제된다. 아이들은 그럴듯한 복장을 하고 마치 자기들이 진짜 요리사라도 된 양 곧 손쉽게 구워져 나온 피자를 들고 밖에서 기다리는 부모에게 칭찬을 얻으러 간다. 어른들이 가짜를 가르치고 있다. 그 정도로 만족할 교육이라면 돈까지 주며 배울 필요는 없다. 복잡하고 불편할 수 있는 것들은 전혀 보여주지 않고 쉽고 편안한 일부분만을 보여주면서 마치 전체를 알게 된 것처럼 확인 도장 따위를 찍어주는 것은 눈높이 교육으로 포장된 기만이다. 한편으로는 불편하고 힘들면 누가 돈을 내고 이곳에 오겠나 생각하니 한숨이 나온다. 애초에 돈벌이를 위해 만들어놓은 시설에 내 발로 걸어들어와서는 교육이니 비교육이니를 논하고 있는 내 꼴이 우습다.

사실 아이들도 이곳이 다 진짜라고 믿고 놀 만큼 어리석지는 않다. 이곳이 실제라고 생각하는 면이 많은 아이들일수록 결국 진짜 속의 가짜들을 발견하게 될 것이고 곧 실망하게 될 것이다. 그래, 실망도 배움이다. 그러나 업체에서는 그 반응조차도 좋은 피드백으로 삼아 이곳을 더욱더 진짜 같은 가짜로 날마다 조금씩 업그레이드하고 있는지도 모른다. 체험 부스나 간판들에서 여러 브랜드의 로고나 디자인 같은 것들이 완전히 똑같이 사용되는 것을 보면 그들에게 아이들은 미래의 고객일 뿐이다. 가짜인 걸 뻔히 알고 또 그 맛에 즐겁게 놀 수 있는 순수한 세트장이라면 차라리 덜 슬플 것 같다. 친절하기만 한 역할놀이들 사이로 교묘하게 전시된 욕망의 놀이터에서 아이들은 아이답게 제대로 놀지도 못하고 그렇다고 제대로 배우지도 못하고 있다.

멀리서 즐거워하며 손을 흔드는 아이에게 힘껏 웃어주었다. 내게 줄 피자를 가지고 달려온 아이를 안아주며 고맙다고 말해주었다. 다음날, 정말 즐겁고 배운 게 많은 체험학습이었다는 아이들의 일기를 엿보다 나는 너무나 부끄러워 차마 아무 말도 할 수 없었다.

취미와 일

취미니까 편하게 하라고 말하는 사람에게는 일로서 진지하게 하고 있다고 말하게 되고, 너는 뭐가 그리 진지하냐 말하는 사람에게는 취미처럼 즐겁게 하고 있다고 말하게 된다. 무슨 걱정이 있겠나 말하는 사람에게는 내 생활을 낱낱이 전시하고 싶다가도, 너는 뭐가 그리 무겁냐 말하는 사람에게는 내가 얼마나 가벼울 수 있는지 보여주고 싶다.

이 모든 걸 유희할 수 있는 것이 나에게 과분한 축복임을 알고 있지만, 결국 매번 막다른 골목에서 길을 잃고 마는 것은 감추고 싶은 한낮의 방랑 때문이다. 내가 나에게 수를 두는 순간 어떻게든 끝이 나겠지만 나는 누구와도 끝까지 겨루고 싶지는 않았다. 내 모든 자존은 이렇듯 사소한 것들로 채워져 있다.

나의 노래

노래들은 다 어디로 갔을까. 내 방을 떠난 노래들이 산과 바다를 지나 아주 멀리까지 날아가는 것을 상상한다. 하지만 그 여정 어느 곳에서건 오래도록 머무를 수 있으면 좋겠다. 누군가의 마음 한구석에 조용히 고여 있다가 언젠가 꼭 다시 꺼내야만 하는 그런 것 말이다. 나의 노래가 즐겁고 행복한 순간들보다는 누군가의 가장 외롭고 고독한 시간에 곁을 지킬 수 있다면 좋겠다.

좋은 공연

좋은 공연을 한 문장으로 짧게 정의해보자면 이렇다.

'창작의 순간 그 최초의 정서를 영원히 간직한 채 외부를 향한 주체적인 첫번째 표현 이후로 끊임없는 반복과 수렴 그리고 그에 뒤따르는 관성과 맞서기 위한 변주와 발산의 과정들을 포용하면서 매번 새로운 무대와 낯선 관객들과의 만남이 만들어내는 익숙한 듯 낯선 긴장들과 그로 인한 감각의 각성 위에서 이미 충분히 익숙해진 방법이나 기교들을 의식하지 않은 상태로 유연하게 투입하고 철회하며 그 순간 어떠한 방해됨도 없이 깨끗하게 몰입하여 완전히 혼자가 됨과 동시에 나를 둘러싼 모든 것들과 연결되어 무대와 무대 아래의 구분이 무의미해지는 상태.'

본류와 아류

내 노래가 생겨나기 전후의 세상은 어떻게 다를까. 노래의 무게를 재어 0.25밀리그램쯤 나왔다면 세상은 틀림없이 조금 더 무거워졌을 것이다. 나는 왜 계속 노래를 하는 것일까. 반복은 결국 수렴을 향하기 마련인데 지루한 관성들을 거부하기 위해서는 비틀고 뒤흔들 줄도 알아야 한다. 하지만 나는 새롭기 위해 새로워야 한다는 데에는 사실 큰 관심이 없다. 그보다는 내 노래를 처음 만났을 때의 느낌과 정서를 원형에 가깝게 간직할 수 있느냐가 훨씬 중요하다. 노래를 오십 번, 백 번 부르다보면 모든 것이 점점 희미해

지기 때문이다. 사라지는 것만큼 새로움도 느껴지면 좋겠
는데 사라지는 것들은 영원히 사라질 뿐이다. 내가 변해온
만큼 노래도 달라져 있다. 이전과는 다른 감각으로 노래할
수는 있어도 최초의 노래로부터 너무 멀리 떠나왔다는 걸
알게 된 순간부터는 더이상 그 노래를 같은 마음으로 부를
수는 없는 것이다.

원하는 것을 만들어내지 못할 때면 슬프고 고독해진다.
그러나 깊고 성실한 창작의 과정은 결국 나 자신과 타인과
세상을 더 사랑할 수 있게 한다. 가장 개인적이고 내밀한
것들은 늘 최초이자 마지막 순간에 꺼내어 쓸 수 있는 든든
한 예술의 재료가 되며, 창작자는 자기 밖으로 쏟아져나온
것들 안에서 자기를 발견하게 된다. 어떤 식으로든 결과물을
사람들과 나누는 과정에서 세상과 연결되며, 내가 세상인 상
태에서 세상 속의 나인 상태로 이전하게 되는 중요하고 소
중한 경험을 하게 된다.

아름다움은 곳곳에서 온다. 똑같은 것을 다르게 보는 사
람들은 새로운 것을 만들어내지만, 단지 다르게만 보이고
싶어하는 사람들은 아무것도 만들어낼 수 없다. 전자가 본

류라면 후자는 아류가 될 것이다. 멋은 비슷한 것들이 많아질 때 멈춘다. 옷에는 유행이 있어도 감각에는 유행이 없다. 자신이 감각인 사람이 본류라면 감각을 옷처럼 입고 있는 사람들은 아류다. 자신이 감각이 되기 위해서는 결국 자기 자신이 되어야 한다. 모두가 자기 자신이 될 수 있다면 우리는 누구도 아류가 되지 않을 것이다. 이 세상에 똑같은 사람은 한 명도 없고 앞으로도 없을 것이라는 불변의 진실 덕분에 예술은 무한히 피고 지며 영원히 아름다울 것이다.

회의

학교에서 모든 공적 회의를 담당하고 있다.

이 자리에서는 무엇보다 잘 듣는 것이 중요하다. 흩어져 있는 것들을 정리하고 복잡한 말들 사이에서 논점을 찾아내야 하며, 쟁점이 되는 것들을 기준에 따라 잘 분류하고 논의 순서를 조정해가면서 진행해야 한다. 과열되거나 공회전하는 논쟁을 단호히 정리해야 할 때도 있으며 모두가 입 밖으로 꺼내기 어려운 내용들도 필요하다면 테이블 위에 올려놓을 수 있어야 한다.

회의중에는 철저히 혼자일 수 있어야 한다. 내가 어떤 사람인지, 평소 어떤 생각을 하는지는 중요하지 않다. 회의 시간에는 교장, 교감, 친소 관계의 동료들 그 모두로부터 한발 떨어져 있어야 한다는 것만이 곧 내 소신이 된다. 회의 자체가 여러 사람들의 다양한 생각과 주장을 담을 수 있는 그릇이 되는 것이 중요하기 때문이다. 가장 민주적이어야 할 학교에도 민주적인 의사소통을 방해하는 크고 작은 방해 요소들은 많다. 특정 안건의 상정을 막으려 하는 것에서부터, 희망하는 회의 결론을 얻을 수 있도록 진행을 유도하라는 압력, 긴 시간 함께 고민하여 결정한 결과에 대한 비난까지. 메시지보다 메신저를 공격하는 비열함을 목격할 때는 차라리 눈을 감고 싶다. 많은 경우 회의의 진행 자체보다 회의 전 준비나 회의 후 정리가 훨씬 어렵다.

회의를 준비하며 틈틈이 내 개인의 생각이나 입장도 잘 구조화하여 정리해둘 필요가 있다. 그것은 내가 잘 주장하기 위함이 아니라 여러 가지 발생 가능한 논점들에 대해 가능한 한 선명하게 이해하고 있어야 논의의 길을 수월하게 볼 수 있기 때문이다. 같은 생각을 다른 언어로 말하거나 다른 생각을 같은 언어로 말하고 있을 때 서로의 이해를 명확히 할 수 있도록 다시 확인하고 정리된 언어로 되돌려

주는 것도 사회자에게 요구되는 역할이자 능력이다. 사회자를 중심으로 여러 가지 생각들이 모였다 흩어졌다를 충실히 반복하다보면 점차 몇 가지 주장들이 선명하게 드러나고 그 근거들도 정교해진다. 참여자들은 과정 속에서 하나둘 자신의 입장을 정하게 되고 충분한 논거와 세력에 힘입은 주장들은 어느새 사회자를 거치지 않고도 직접 대등하고 생생하게 맞서거나 충돌하면서 논의는 마침내 절정에 이른다.

잠시 큰 숨을 내쉬고 자세를 고쳐 앉는다. 지난한 논의 과정에서 조정이나 타협으로 결론에 이르기도 하지만 끝까지 합의점을 찾기 어려울 때는 결국 표결로 종결해야 하는 경우도 많다. 때로는 한참을 돌고 돌아 애초에 우리가 결정할 수 있는 게 아무것도 없었다는 것을 확인하게 되는 허무한 순간을 만나기도 한다. 그럴 때는 이렇게 쏟아내기만 하더라도 우리 각자가 조금씩은 더 가벼워질 수 있으리라 생각하며 스스로를 위안하기도 한다. 속기한 회의록을 다시 정리하면서 텍스트에는 다 담겨 있지 않은 콘텍스트도 함께 천천히 복기해본다. 회의 결과를 모두에게 공지하고 나면 비로소 큰 기지개를 켠다.

틀림없이 모두가 동의하는 절차와 공개된 조정의 과정을 통해 함께 결정한 것이라 해도 항상 회의를 마친 뒤에는 그 결정으로부터 소외된 사람들이 있는지 살펴야 한다. 누군가에게 흡족한 결과가 다른 누군가에게는 결코 받아들이기 어려운 경우도 참 많다. 정당하고 합리적으로 기결되었다고 해도 그것이 개개인의 충분한 납득과 수용으로 이어지기까지의 그 시차는 가능한 만큼 존중되어야 한다.

모든 회의는 어렵고 불편하다. 회의를 마친 뒤에는 주고받는 인사도 왜인지 어색하게 느껴진다. 그건 아마 내가 아직 사회자에서 일상의 나로 돌아오지 못했기 때문일 것이다. 차가운 물을 따라 마시며 모두를 만족시킬 수 있는 방법은 없다는 세상의 말을 떠올려 나를 위로한다. 긴 하루를 마치고 집으로 돌아가는 길에 어두운 하늘을 올려다보면 가끔 마음이 텅 빈 것 같다. 무언가 조금씩 함께 만들어가고 있는 것은 틀림없는데 정작 나는 점점 사라지는 듯 느껴질 때에는 조용히 쓸쓸해진다.

술은 슬픔

옛날엔 저기가 공동묘지였는데
지금은 다 술집입니다

아직 나에게 술은 슬픔인데
과연 이 세상엔 슬픔이 넘치는 것입니까

그나저나 사람이 밖에 서 있으면 문을 좀 열어주세요
그것은 계절과는 무관한 일입니다
신호등이 파란불일 때 건너야지요 아저씨

미친 사람들과 술을 마시다

그와 나의 차이는 단지

하는지, 하지 않는지이지

존재하는지 존재하지 않는지는 아니라는 걸 알게 됩니다

김을 뜯어 먹으며 꼭 거울을 볼 필요는 없습니다

그 정도라면 스스로를 믿어도 되지 않겠습니까

예의와 존중, 배려와 협력은

굳이 내가 말하지 않아도 이미 중요합니다만

질문과 질문, 또다른 질문과 질문은

어디서든 할 수 있어야 합니다

지혜로운 이들은 말을 끝까지 하지 말라 했지만

한 번쯤은 귀기울여주세요

내가 뱉어내는 건 말이 아니라 영혼일지도 모릅니다

기록

인상적인 서사를 마치고 나면 쓰기 위해 노력한다. 꼭 마침표를 찍어야만 펜을 닫을 수 있는 것은 아니지만 잘 멈추기 위해 쓴다. 잘 멈추면 다시 잘 시작할 수 있기 때문이다. 가끔은 마음껏 잊기 위해서도 쓴다. 언젠가 잠깐 되돌아오고 싶어지면 슬쩍 지금을 펼쳐보면 되니까.

낮잠

나를 가까이서 보는 사람들이 한결같이 나를 보고 잘 쉴 줄을 모른다고 한다. 쉬지 않고 일만 한다는 뜻이 아니라 잘 쉬는 방법을 모른다는 것이다. 처음에는 내가 그런가 생각하다가 이제는 그런가보다 한다. 돌이켜보면 나에게 쉼은 내가 하고 싶은 것을 하는 것과 별반 다르지 않았던 것 같다. 영화든 책이든 실컷 보거나 여기저기 차를 몰고 돌아다니고는 잘 쉬었다고 했으니까. 그럼에도 내가 최고로 잘 쉬었다고 생각하는 날은 나도 모르게 낮잠에 빠져든 날이다. 포근한 낮잠을 상상해본다. 잠이 솔솔 오는 오후에 부드럽게 낮과 잠의 경계를 넘는 낮잠. 나에게 어떤 판단도 맡기지 않으며 나를 완전히 허물어내는 낮잠. 내가 뛰어든 적이 없는데 눈을 떠보니 모든 게 사라져버린 그런 낮잠. 그런 날은 참 운이 좋은 날이다.

하늘 아래 연습실

근사한 연습실도 좋고 편안한 내 방도 좋지만 완전히 넓은 하늘 아래에서만 느낄 수 있는 게 또 있어요. 노래를 부르기 좋은 곳이 있거든요. 나에게 잘 맞는 곳을 잘 찾아야 해요. 한낮에, 해가 질 때 그 시간에 잘 맞는 곳이 있어요. 밖에서는 완전히 안락한 곳을 찾기가 어려워요. 적당히 불편해서 오히려 노래와 연주에 집중하기 위해 애쓰게 되는 곳이 좋아요. 할 수 있는 만큼 큰 소리로 연주하며 노래를 불러도 들리지 않을 먼 곳에 가끔 사람들이 오가는 그런 곳이 좋아요. 나를 알지 못하는 사람들에게 처음 내 노래를 보내는 마음으로 정성껏 노래할 수 있거든요. 고개를 들고 머얼리 눈에 보이는 가장 먼 곳으로 노래를 보내는 거예요. 밖에서는 목소리에 집중하며 노래하기 어려워요. 부르는 노래가 다시 내게 잘 돌아오지 않기 때문이죠. 그 대신 바람에 부딪치는 나뭇잎 소리, 가까이 또 멀리 나는 새소리 사이로 목소리를 함께 실어 보낼 수 있어요.

가끔 풍경 속 내가 그곳과 어울리지 않는다고 느껴질 때가 있어요. 하지만 괜찮아요. 그것은 나를 해체하여 풍경 속으로 완전히 스며들기 위해 애써보거나 반대로 끝까지 나를 주장함으로써 이겨낼 수 있으니까요. 유연함이나 결연함 같은 것 말이죠. 그리고 이런 태도들은 앞으로 만나게 될 다른 무대에서도 끊임없이 영향을 미치며 결국 그때 내가 어떤 모습으로 존재할 수 있을지를 결정하게 되지요. 좋은 노래를 만들고 부르기 위해서는 늘 어떤 감정이 필요하다고 생각해왔었는데요, 하면 할수록 알게 되는 건 감정보다는 입장을 갖는 것이 중요하다는 것이었어요. 입장 없음에 대해 이야기를 하게 되더라도 왜 입장이 없는지에 대한 입장은 있어야 하죠. 입장이 없는 감정은 투정일 뿐이고, 하늘은 투정을 받아주지는 않아요. 투정 섞인 주장일지라도 말하고자 하는 바가 선명해야 해요. 그래야만 땅 위에 단단히 딛고 서서 하늘 아래 당당히 노래할 수 있어요.

노래를 밖으로 내보내는 것에만 집중하는 것과 내보낸 노래가 어떤 식으로든 다시 내게 되돌아옴을 느끼는 것은 차이가 크지요. 어쩌면 우리가 노래를 '부른다'라고 표현하는 것은 그 때문일지도 모르겠어요. 노래를 부르는 행위는 언제나 연결과 순환으로서의 상호성을 포함하고 있지요. 그 대상이 관객이건 자연이건 말이에요.

넓은 하늘 아래서 이런 사람도 되어보고 저런 사람도 되어보며 가지 않던 길로 여기저기 다녀올 수 있다면 그것만으로 참 좋은 시간을 보낸 것이겠지요. 노래를 부르는 동안 때마침 하늘이 붉어지기 시작한다면 아마 나는 틀림없이 가장 아껴두었던 노래를 꺼내어 정성껏 부르겠지요.

젊은 날의 사랑

그것은 만질 수는 없지만 틀림없이 존재하는 어떤 열기이다. 그것은 조금이라도 세게 움켜쥐면 곧 산산조각이 나버리는 얇은 유리잔이며, 사막 같은 마음속에서 단비처럼 욕망할지라도 밤새 당신의 잠든 문 앞을 곧게 지키는 파수꾼의 다짐이다. 그것은 매 순간으로부터 영원히 약자가 되겠다는 확고한 선언이며, 신중한 겁쟁이가 될지언정 결코 용감한 파괴자가 되지는 않겠다는 부동의 결심이다.

다시 오지 않을 순간에 대한 강렬한 확신은 나로 하여금 결코 낙담이나 실의에 빠질 여유를 허락하지 않을 것이며, 내가 가진 모든 언어는 오직 그것을 적확하게 표현하기 위해서만 사용될 것이다. 그것은 비가 쏟아지는 강가에서 하얀 이불을 펴고 밤을 맞이하는 어린아이의 움켜쥔 손이며, 발을 디딜 최후의 한 뼘이 허락된다면 낭떠러지 끝에서도 환희의 춤을 추는 무용수의 동여맨 신발끈이다. 그것은 내가 가진 전부를 잃더라도 결코 멈추거나 유예할 수 없는 맹목이며, 이 모든 것이 멈추는 날이 언제인지를 알면서도 결코 시계를 보지 않으려는 마음이다.

타살

내 시간은 명백히 타살당했다

침묵 없는 동의보다는
동의 없는 침묵이 더 낫다고 생각했던 적도 있지만
이제는 말을 아껴야 하는 일들이 지겹다
멋진 사람들은 하나같이 말이 없는데
그들 따라 말을 멈추어보면 하나도 되는 일이 없다

컵에 든 게 물이었으면 좋겠는데
쏟고 보면 늘 커피였던 것처럼

간신히 절반쯤 확신할 수 있는 건
편지의 주소를 잘못 적은 일은 없다는 것
틀림없이 내게도 도착하지 못한 편지들이 있었겠지
누구든 대신 읽어주었다면 좋겠다

한참을 뒷걸음치다 갑자기 앞으로만 달려야 할 때
우선 새 신을 사고 싶어지는 것처럼
평소에 숨도 안 쉬던 사람처럼 숨 고르다 시간이 다 가고

낮에 먹은 빵이 속을 불편하게 한다
어디까지나 그걸 입에 넣은 것까지만 내 탓이다
큰 하품을 삼키다 고이는 눈물 사이로
천장의 샹들리에가 떨어져 박살나는 상상을 한다

오케스트라의 격정적 연주가 흐르는 커튼 뒤에서
김밥을 나눠 먹다 말고 키스를 나누는 스태프들을 보며
내가 잃어버린 것이 뜨거움이라는 걸 알게 되었다
돌이켜보면 가장 아름다운 순간은 늘 무대 뒤에 있었다

시시함

자꾸 시시한 짓을 하다보면 정말로 시시해지고 만다. 시시해지면 그걸로 끝이다. 누군가에게 내가 시시한 존재가 된다고 생각하면 그것만큼 슬픈 일도 없다. 그나마 다행인 것은 세상은 유심한 사람보다 무심한 사람이 살기에 여러모로 더 수월한 곳이다. 비관과 냉소만큼 간편한 것도 없다. 뭐든 내뱉고 써 재끼고 막 던져대다보면 그 노력이 측은해서인지 의외로 어느 정도의 동정 점수 같은 것들을 보장받기 마련이다. 물론 그것들을 진짜 성과라고 착각하면서 두 발을 뻗고 편히 잠들다가는 어느 날 밀려드는 과태료

(과한 태만함에 뒤따르는 비용) 더미에 차도 집도 다 팔아야 될지도 모른다. 듣는 이들을 모두 지옥으로 내몰고 만 노래를 부르고도 요란한 탬버린 소리와 함께라면 무조건 팔십오 점으로 모두를 엿 먹이는 노래방 기계에게 너라도 있어서 참 다행이다 껴안으며 사는 게 무슨 큰 의미가 있겠는가.

두뇌에 맑은 물이 꽤 오랫동안 흐르지 않았거나 그냥 완전히 망했다는 강렬한 확신 앞에서 도저히 단시간 내에 회복이 어려울 때는 심폐소생술 중에 갈비뼈 한두 개쯤 부서지는 건 눈감아야 한다. 내면의 인식들이 충돌하며 발생하는 뜨거운 불꽃은 아주 깊은 곳에서부터 스스로를 불태운 뒤 타고 남은 것들을 거름 삼아 투박했던 토양을 조금씩 비옥하게 만드는 정직하고 순환적인 소멸을 일으키는 반면, 비관과 냉소로 건조해진 채로 옮겨붙은 차가운 불꽃은 묵묵히 곁을 지켜주던 사람들의 깊고 따뜻한 마음에까지 번져가서는 되돌릴 수 없는 깊은 흉터를 남기고 만다.

우리가 보편 감정이라고 부를 만한 것들은 주장한다고 얻어지는 게 아니다. 세상이 강요하는 기준들을 의식하며 스스로를 끊임없이 검열한다 해서 그에 맞출 수 있는 것도 아니다. 오히려 더 멀어지지 않으면 다행이다. 보편 감정은 자신을 드러내고 부딪치고 조정해나가는 과정을 통해 찾아 갈 수밖에 없다. 그런데 우리에게 자신을 마음껏 드러낼 수 있는 곳이 얼마나 될까. 아마 기껏해야 책상 앞이나 침대 위 정도에서야 가까스로 내밀하고 저속한 말들까지 내뱉을 수 있을 것이다. 나의 무엇을 얼마큼 드러내야 하는지를 제 대로 배운 적이 없다는 사실은 늘 나를 두렵게 한다. 두려 움은 어디에서든 나를 이방인으로 만들며, 해야 할 것들을 하지 못하거나 하지 않아도 될 것들을 하느라 주변을 맴돌 게 된다.

다 식어버린 커피를 마시며 컵 뒤로 멋진 사람들을 관 찰한다. 아름다운 연인들! 그들은 그 많은 사랑을 다 어디 서 배웠길래 저렇게 기쁘고 행복해 보일까. 멋지거나 아름 다운 것들은 손쉽게 얻어지는 법이 없는데 저들은 어떤 노 력을 어떻게 해온 것일까. 스스로를 파괴하는 버릇은 단지 내가 멍청하거나 인격이 모자라서 생긴 것만은 아닐 것이 다. 그것은 아마 애초에 내게 선택권이 없었던 많은 순간들 에게 이미 내 영혼의 꽤 많은 지분을 떼어주었기 때문일 것 이다. 순수하고 뜨거웠던 한때의 일들에 저당이 잡혀서 지금의 나를 위한 판단을 제대로 할 수 없는 지경이라면 당장 주주총회를 열어야 한다. 거대한 원목 테이블을 가운데 놓고 머리 뚜껑을 연 다음 나를 이 꼴로 만든 것들 중에서 지분이 가장 많은 순으로 하나씩 불러내어 등이 높은 의자에 줄줄이 앉힌 뒤에 내 삶의 경영권을 확실히 갖기 위해 최후의 담판을 지어야 한다. 빌어먹을. 내가 어떻게 만든 회사인데 이놈의 주주들 때문에 마음대로 할 수 있는 게 하나도 없다니. 주주총회의 교훈은 51 대 49라도 좋으니 기어코 내가 51이 되어야 한다는 점이다. 죽기 직전의 괴로운 싸움 속에서도 결국 나의 주인은 내가 되어야만 한다. 저 불한당 같은 것들에게 내 삶을 통째로 넘겨줄 수는 없다.

세상에 태어날 때에는 누구도 나에게 동의를 구하지 않았지만 세상을 떠날 때에는 내가 마지막을 결정할 수 있게 되기를 소망한다. 존엄은 선택할 수 있음에서 온다. 자리에 누워 눈을 감는 마지막 순간에는 누구도 무엇도 아닌 온전한 나 자신과 함께할 수 있기를 원한다. 나의 죽음에도 애도가 허락된다면 크고 작은 울음과 웃음이 나를 에워싸겠지만 나는 오직 완전한 고독만을 껴안으며 천천히 아주 천천히 떠나고자 한다.

악취

사람은 고쳐 쓰는 게 아니라는 말을 하는 사람을 고치고
싶다. 자기가 자기한테 할 말을 왜 자꾸 다른 사람 귀에 들
리게 할까. 똑같은 말만 앵무새처럼 반복하는 사람들과는
절대 과일을 나눠 먹을 수 없다. 왜 하필 과일이냐. 제일 맛
있는 걸 제일 멋없는 사람과 나눠 먹을 순 없기 때문이다.

여러 가지 생각을 여러 가지 갈래로 할 수 있는 것보다
는 지금 내가 무언가를 선택할 수 있느냐가 훨씬 중요하다.
나는 특별한 것들에 대해 별다른 환상이나 기대를 갖고 있
지 않다. 결국 우리는 인간으로서의 육체적·정신적 한계와

제약 속에서 대부분 어느 정도의 보편적인 삶이라 불릴 만한 범주 안에서 살 수밖에 없기에 나는 어디에서건 누구에게서건 다른 점보다는 공통점을 발견하며 살고 싶다. 그래서 자신만의 생각을 말하는 것보다는, 모두가 느끼는 것들을 자신만의 언어와 감각으로 표현하는 것이 더 중요하다고 생각한다. 내 입으로 내 생각을 말하고 있는 듯 보이지만 그것은 대부분 내 것이 아니다. 나도 모르게 누군가를 흉내내고 있거나 어딘가에서 보고 듣고 읽었던 것을 다시 말하고 있을 때가 많다. 세상의 근사한 진리나 깊은 지혜는 사실 이미 모두 발굴된 지 오래다. 유구한 문명과 문화의 역사 속에서 완전히 새로운 아름다움이 발견되기를 기다리는 것은 크게 의미가 없다. 우리의 사유와 감각의 작동원리 자체가 완전히 뒤바뀌는 생물학적 진화나 변이가 일어나지 않는 이상 새로워 보이는 것들도 늘 부분적인 변주일 뿐이다.

아름답다는 것은 무엇일까. 자기 자신으로 존재하고자 애를 쓰는 것만이 진정으로 아름다워지기 위한 유일한 방법이라 믿는다. 하루에 한 번이라도 꾸준히 자신이 믿는 바대로 행하고 원하는 모습으로 노래하고 춤출 수 있다면 비로소 우리는 정답이 없는 것들에도 마음껏 마음을 쏟으며 몰입할 수 있게 될 것이다. 내가 알고 있는 것들에 비해 조금 더 유연하거나, 더 엄격하거나, 더 강렬하거나, 더 무심하거나, 더 익숙하거나, 더 낯선 것들에 우선순위를 매길 수 있는 날들이 이어지면, 마침내 우리는 그것들을 취향이라 부르게 될 것이다.

당장 목을 축이기 위해 얕은수들을 남용하며 순간을 모면하다보면 결국에는 갈증과 탈수를 구분하지 못하게 될 수도 있다. 갈증을 느낄 때는 너무 늦지 않게 갈증을 해소해야 한다. 갈망하던 것들이 오래 쌓여 주체할 수 없이 온몸을 휘감아오면 오로지 그 해소에만 목매달게 되는 법이니까. 원하는 것이 있는 삶은 축복이다.

'그 나름의 삶이 있다'라는 시시한 말들, 하나 마나 한 소리들이 지겹다. 환한 조명 아래 눈을 감고 지금의 나를 떠올려볼 때 아직 어떤 부분도 칠해지지 않은 흰빛이거나 차라리 완전히 불탄 뒤 남은 잿빛이면 좋겠다. 시멘트나 먼지의 색이 먼저 떠오른다면 아마 나의 삶도 이미 죽어가고 있는 것일 테지. 어디에나 있지만 어디에서도 보이지 않는 삶, 이도 저도 아닌 것들로 내 삶이 채워지는 것을 최대한 막아야 한다. 복잡하고 모호한 것들 사이에서 끝까지 나의 삶을 주장해야 한다. 주장하고 직면하고 수용하며, 그로부터 다시 불화하고 선택하며 마침내 다시 주장해야 한다.

잠들기 전까지는 조금 더 망칠 수 있는 오늘이다. 반대로 구해낼 수 있는 삶이 아직 남아 있다는 이야기다. 밤이야말로 한낮의 고통으로 신음하던 내 불쌍한 영혼을 씻을 수 있는 유일한 시간이다. 오물을 뒤집어쓴 채 손끝에서부터 피부가 말라비틀어지고 구린내 나는 미소가 주름으로 하나씩 새겨지기 전에 우리는 지금 떠올릴 수 있는 것보다 훨씬 더 경건한 태도로 각자의 하루를 정화해야 한다. 자신을 위해서도 그리고 세상의 악취를 조금이나마 더 줄이기 위해서도.

선생의 일

일과 관계는 뚜렷하게 구분되어야 한다. 일을 할 때 논쟁이 필요한 순간에는 지금이 마지막인 것처럼 끝까지 논쟁할 수 있어야 한다. 논쟁할 수 있는 구성원들의 존재 여부가 그 조직의 건강성을 판단하는 기준이 된다.

좋은 관계가 좋은 일을 만들기도 하고 좋은 일을 하면서 좋은 관계가 만들어지기도 한다. 학교에서는 교육이라는 무형적이고 가치 지향적인 일을 함께하고 있다. 교사들은 교실에서 성벽을 쌓고 각자의 왕국을 구축할 수도 있고, 교실과 교실을 서로 연결하고 연대하려는 노력을 통해 학교 안의 작은 학교들을 만들어볼 수도 있다.

선생은 고독하다. 좋은 선생, 좋은 교육에 정답이 있을 수 없기에 영원히 스스로 해답을 찾아나갈 수밖에 없다. 선생만큼 정답을 좋아하는 사람도 없지만 선생이야말로 날마다 정답 없는 일과 싸운다. 정답인 줄 알았던 일도 불과 잠시 뒤에 정답이 아니었다는 것을 아이들을 통해 온몸으로 확인하게 된다. 역사를 반추하며 상대적으로 나쁜 교육, 좋지 않은 교육을 판단할 수는 있어도 나쁜 교육이 아닌 것을 꼭 좋은 교육이라고 말할 수도 없다. 동료들 사이에서 좋은 사람이라는 평을 받는 이가 아이들과의 관계에서는 그렇지 못한 경우도 참 많이 보았다. 인간을 인간답게 기르고자 한다는 본령 때문에 선생 자신이 마치 신이라도 되는 양, 누군가의 인생을 정말 책임이라도 질 수 있는 양 착각에 빠지기도 한다. 날마다 기각되고 날마다 실망하기도 하지만 그럼에도 불구하고 기꺼이 다시 기대하고 또 붙잡는 것이 선생의 일이다.

생각해본다. 나에게 누가 아이들을 가르칠 수 있는 권리를 주었나. 단지 국가가 자격을 주었기에 내가 할 수 있게 된 건가. 나 역시 시험을 보고 선생이 되었지만 사람이 만들어놓은 자격이나 제도라는 게 가끔 생각해보면 웃음이 난다. 자격, 자격증. 그 종이 쪼가리를 받기 전과 받은 후의 나는 다른 사람일까. 만일 그 때문에 내가 정말 달라졌다면 세상을 바꾸기 위한 가장 손쉬운 방법은 어떻게든 최대한 많은 자격증을 만드는 것인지도 모르겠다. 내가 조금씩이라도 더 나은 방향으로 변화해왔다면 그것은 아마 아이들과 함께 보낸 시간들 때문일 것이다.

나도 욕먹기가 싫다. 하지만 욕을 먹고 또 먹으면서 경험적으로 알게 된 게 있다. 욕을 먹을 때는 적어도 무언가에 뜻을 세웠다는 것이다. 욕먹기보다 싫은 것은 결국 아무것도 하지 않게 되는 것이다. 아무것도 하지 않으면 아무것도 발생하지 않는다. 발생하지 않는 것은 사랑이 아니다. 내가 이 일을, 아이들을, 동료들을 사랑하지 않는다면, 더이상 사랑할 수 없다면 곧 멈추어야 한다. 반성 이전의 자유라는 말이 머리를 스친다. 우리는 반성 이전으로 돌아갈수 있을까. 다시 돌아갈 수 없고 다시 얻을 수 없는 것들은 그래서 소중하다. 바로 지금이 가장 자유로운 날임을 기억해야 한다. 무언가 하고 싶을 때, 할 수 있을 때 정성껏 해야 한다. 지금 할 수 없고 하지 않은 일은 나중에도 할 수 없다.

자신의 기준에서 끊임없이 고민하고, 용기 내어 원하는 것을 시도하고, 그 과정과 결과를 통해 정직하게 배우려는 것 그 자체가 좋은 삶에 가까운 것이라 믿는다. 여전히 좋은 교육과 좋은 선생에 대한 답을 말하긴 어렵지만 좋은 삶을 살기 위해 노력하는 것, 어쩌면 그것만이 좋은 선생이 되고 좋은 교육을 할 수 있는 유일한 방법인지도 모르겠다.

하얀 옷을 입고

　하루에 단 한 번 발가벗은 채 거울 앞에서라도 진실되고 겸손할 수 있다면 썩어가는 몸과 영혼을 거둘 작은 희망이 아직은 남아 있는 것이다. 나는 아주 천천히 변하는 사람이다. 지겨운 관성을 깨고 새로운 날을 맞이하고자 할 때는 먼저 옷장을 정리한다. 오래 입은 속옷들을 버리는 날, 나는 잠시 내 삶의 주인이 된다. 다가올 새 여름에는 날개 같은 흰옷을 사 입고 광장을 달릴 것이다.

라이브

　무대 위 공기와 조명 불빛, 객석의 표정들이 천천히 뒤섞이다 한꺼번에 나를 덮쳐올 때면 그것이 빛과 어둠 어느 쪽이건 곧은 마음으로 헤엄칠 수 있어야 한다. 끊어질 듯 이어지는 연주들은 우아한 춤이 되고 단어들 사이 의미의 진공은 찰나의 휴식이 된다. 담담히 또 결연히 순간과 순간을 연결하다 작은 틈으로 새어 들어오는 것들을 발견하는 기쁨이야말로 모든 순간 찾아오는 허무와 권태에 맞서는 등불이 된다.

제가 방향감각이 없습니다

하루에도 몇 번씩 아무 생각 없는 순간이 있는데 곁에 있는 사람들은 잘 눈치채지 못하는 것 같다. 주로 같이 어딘가를 찾아갈 때는 가끔 들키게 마련인데 나도 모르게 아예 상관없는 길로 걸어가고 있거나 정반대 방향으로 한참을 운전하고 있기 때문이다. 그러다 갑자기 미안해진다.

"제가 방향감각이 없어서 길을 잘 놓칩니다. 미안해요."
'사실은 제가 잠시 혼자 있었습니다. 미안해요. 그리고 고맙습니다. 제가 마음놓고 그럴 수 있도록 해주셔서요.'

진실과 거짓

사실 나는 당신에게 뭐든 물어볼 수 있다. 가끔 더 뻔뻔해질 수도 있다. 갑자기 춤을 출 수도 있고 피우지 않던 담배를 피워댈 수도 있다. 일부러 말이 없고 섬세한 척 굴어볼 수도 있고 작고 낮은 목소리로 말하다 격정적인 이야기로 이어갈 수도 있다. 하고 싶은 말을 끝까지 참을 수도 있고 순식간에 모든 것을 다 말해버릴 수도 있다.

진실과 거짓은 본래 같은 배에서 태어났다. 좋은 집안으로 입양된 것들은 진실이 되었고 가난한 집에 맡겨진 것들은 거짓이 되었다. 삼십여 년이 흘러 두 형제는 극적으로 다시 만나게 되는데 멀리서 걸어오는 서로가 너무 닮았다는 것을 알아차리게 된다. 우리 더이상은 헤어지지 말자 외치며 뜨거운 포옹을 하는 순간 그들은 서로를 알기 전으로는 돌아갈 수 없다는 것을 알게 되었다.

나에게 아직 하지 못한 말이 남아 있다면 아마 그것은 과거의 그림자 때문일 것이다. 오래 방치된 거짓이나 외면해온 진실들은 끈질기게 생존하여 결국 지금 나의 미소나 침착함 같은 것들에게 꽤 많은 대가를 요구하고 있다. 지금 당장 자세를 고쳐 앉으며 이 순간부터라도 완전히 진실할 수 있다면 내 미래는 틀림없이 새로운 날들이 되겠지만 나는 내가 그럴 수 없다는 것을 잘 알고 있다. 내게 미래는 아직 오지 않은 과거일 뿐이다. 진실이나 거짓에 맹목적인 것은 유치한 일이다. 진실과 거짓 각자는 서로가 없이는 홀로 존재할 수 없는 유착과 미성숙의 단면이다. 거짓은 이미 지나간 진실이고 진실은 아직 오지 않은 거짓일 뿐이다.

교묘한 거짓말은 이야기 곳곳에 진실들을 배치하며, 사람들은 결국 듣고 싶은 대로 듣고 믿고 싶은 대로 믿는다. 아무렇게나 놓여 있던 돌들을 징검다리라고 말하는 사람이

나, 어쩌면 저 돌들이 정말로 강을 건너게 해줄 수 있을지 모른다는 근거 없는 믿음 중에서 후에 무엇이 나를 물에 빠지게 만든 것인지를 따지는 것은 의미가 없다.

　모두가 우주로 여행을 떠날 때에도 나는 내 방에서 밤하늘을 바라보고 싶다. 그것은 진실의 행성에 도착하기 위해서는 거짓의 연료가 필요하다는 걸 몰라서가 아니다. 앞은 안락한 거짓이고 뒤는 불편한 진실일 때 나는 그동안 무엇을 선택해왔을까. 오늘의 나는 무엇을 선택해야 할까. 내일의 나는 무엇을 선택하게 될까.

나의 신

때로 말을 아끼는 것이 언제나 무관심이나 냉소 때문만
은 아니다. 사려 깊고 신중한 사람은 타인의 내면을 함부로
침범하지 않는 법인데 나도 오늘은 누군가를 그렇게 대할
수 있다면 좋겠다.

어려운 일들이 밀물과 썰물처럼 밀려왔다 밀려갔다 끝
도 없이 반복되는 날들이지만 내 마음속에는 언제나 믿고
의지할 신이 있다. 그것은 마치 촛불처럼 은은히 빛나며 작
은 바람에도 일렁이지만 결코 꺼지지는 않는 것이다. 그것
은 될 일은 어떻게 해서든 되고 안 될 일은 어떻게 해도 안

된다는 진실에 대한 명백한 인정이며, 완전히 칼을 내려놓되 결코 절망이나 좌절은 아닌 최후의 낙관이다. 그것은 시작과 동시에 떠오르는 끝에 대한 슬픈 경외이자 마지막 순간에 내가 나를 조용히 껴안아줄 수 있기를 희망하는 정직한 기도다.

신은 어디에나 있고 어디에도 없다. 신이 절대자가 된 이유는 인간이 절대적이지 않기 때문이다. 신이 자신을 본떠 만든 것이 인간이라면 모든 것을 제 뜻대로 할 수 있다는 신을 경배하는 것보다는 세상일이 다 내 뜻대로는 되지 않음을 인정하고 받아들이는 겸허함을 갖는 것이야말로 가장 인간적인 모습이자 오히려 인간을 닮은 신에 더 가까이 다가가는 일일 것이다.

내 젊음의 사망 선고

피곤하고 지겨운 날들. 늦은 밤 집에 돌아오고 나서는 조용히 쉬고 싶은 마음뿐이다. 무엇보다 곧장 샤워를 해야 한다. 차갑거나 따뜻한 물이 피부에 닿으면서 종일 밀려나 있던 감각들이 깨어난다. 머리카락을 낮과 반대로 뒤집고 천장을 보고 누워 있으면 나는 왜 오늘도 내가 원하는 만큼 그렇게 다 해야만 했는지 후회인지 격려인지 모를 감정에 휩싸인다. 아마 이렇게 살다가는 나를 재미있게 읽어줄 사람이 아무도 남지 않을 것이다.

그동안 나만 보고 살아왔던 삶에 균열이 생긴다. 균열들 사이로 감추고 싶은 이기적인 슬픔들이 고인다. 그나마 사람다워지기 위해서는 그 슬픔으로라도 무언가를 만들어야 한다. 모든 것이 얼마 남지 않았다는 무겁고 조용한 진실이 점점 내게 다가오고 있다는 것을 직감한다. 막다른 시간에는 내 안의 작은 기쁨이든 욕망이든, 냉소든, 분노든, 체념이든 뭐든 내가 살아 있음을 느끼게 하는 것이라면 모두 다 끌어모아야 한다. 머리 위로 천장이 쏟아져내리는 순간에도 밤하늘에 빛나는 별들을 세는 마음으로.

눈을 감을 때마다 내가 한 것은 사랑이 아니었다는 것을 알게 되는 삶. 세상은 나에게 이미 알려진 무서운 형벌을 내리지는 않았으나 어떤 날로부터 조용하고 꾸준하게 나의 표정을 앗아가고 있다. 시계를 풀고 셔츠를 벗다가 거울 속에서 눈빛이 죽어버린 사람을 만났던 날, 나는 결국 내 젊음의 사망 시각 이천이십년 사월 이십오일 밤 열한시 이십삼분을 선고하였다.

당신을 향해 쏜다

맹렬하게 화를 내야지. 더 또렷하고 더 사납게. 나도 모르던 내 모습이 드러날 정도로. 에너지를 불같이 쏟아내면서도 중심을 잃지 않고 단단하게 밀어붙여야지. 오늘이 우리가 마주하는 마지막날인 것처럼. 주저 없이 말해야지. 유연하면서도 단호한 손동작과 함께. 절대 눈을 피하지 말아야지. 당신이 결국 스스로를 위안하며 돌아설 여유를 가질틈이 없도록 우리가 명백하게 함께 느낀 것들에 대해서 가장 진실한 언어들만 골라 당신의 심장 깊은 곳을 향해 쏘아야지. 완전히 무너져내린 눈물 그다음의 눈물을 볼 때까지.

멈추어야 하는 순간은 오직 내가 멈추겠다 마음먹는 순간 뿐. 결국 나보다 먼저 당신의 심장이 멈추고 말았다면 가장 아름다운 엽서에 가장 정갈한 글씨로 못다 한 말들을 적어 당신의 가슴에 얹어주어야지.

꿈속 꿈

괴로운 것들이 곳곳에 숨어 있다가 차례로 나를 숨막히
게 했다. 마치 로켓이 다 쓴 연료 탱크를 분리하며 우주로
올라가듯이 나는 지나간 꿈들을 발밑으로 하나씩 하나씩
버리면서 새로운 꿈속으로 진입했다.

복숭아

잠을 자다가 명치와 등 중간쯤이 답답하게 느껴져서 깨고 말았다. 큰 숨을 몇 번 몰아쉬었다. 잠 깬 몸은 아직 달콤하게 가라앉아 있었고 한낮의 혹사로부터 조용하고 신속하게 이곳저곳을 재생하고 있었다. 두통이나 열감이 완전히 사라지지 않았지만 틀림없이 몸 밖으로 밀려나고 있었다.

순간적으로 아주 강렬하게 시원한 복숭아가 먹고 싶었다. 꼭 새하얀 백도였으면 좋겠다고 생각했다. 생명의 복숭아. 지금 그 복숭아를 먹을 수 있다면 왠지 모든 게 다 잘될 것만 같았다. 하지만 곧 이 계절에 복숭아가 집에 있을 리 없다는 생각에 이르렀다.

세상에!

갑자기 먹고 싶다고 할까봐 사둔 통조림이 있다고 했다. 얼음을 타서 시원해진 것을 한입 베어 물자 마치 근사한 마차를 타고 선선한 밤을 달리는 것 같았다. 기분좋게 서늘한 온도의 물속에서 황홀한 밤 수영을 하는 것 같았고, 색종이로 접어 만든 넓고 아름다운 꽃밭을 사뿐사뿐 걷고 있는 것만 같았다.

곧 다시 잠이 들었다. 자고 일어나보니 나는 틀림없이 새 사람이 되었다.

멈춤과 움직임

　기쁜 노래를 만들기 위해서는 기뻐야 하고 슬픈 노래를 만들기 위해서도 기뻐야 한다. 슬픔이 멈춤이라면 기쁨은 움직임이기 때문이다. 사랑에 빠진 폐와 심장이 두드려대는 기쁨을 표현하는 것도 움직임이고, 깊고 오랜 슬픔에 젖은 간과 신장이 멈추어 있는 모습을 들여다보는 것도 움직임이다. 멈춤은 단지 멈춤이지만 멈춤에 대해 쓰고, 노래하고, 그리는 창작의 순간은 틀림없는 움직임이다. 나는 창작자로서 보다 잘 움직일 수 있기를 희망한다. 그래서 '나는 이렇게 슬픕니다'보다는 '이것이 나의 슬픔입니다'라고 말하고 싶다.

청춘의 쓰레기

스케치로 녹음해둔 음원들을 열어보았다. 탄생과 죽음이 규정되지 않은 채 박제된 것들. 영원히 완성되지 않을 그 자체로서 완성인 것들. 노래가 되지 못한 사랑들과 사랑이 되지 못한 노래들. 결국 쓰레기가 되고 말 거라는 직감이 들더라도 한쪽 눈을 감고 어떻게든 기록하고 새겨두어야 한다. 맹목이거나 불화였던 청춘의 증거들은 불가역적이므로 결국엔 반드시 소중하기 때문이다. 나에겐 쓰레기일지 모르나 누군가에겐 축복일 수도 있었을 노래가 되지 못한 노래들의 명복을 빈다.

저는 객관적입니다

이 세상에 객관이 실재한다거나 가능하다고 말할 수는 없겠지만 우리 모두가 각자 주관의 세계 속에 산다는 것은 틀림없을 것이다. 기계적 중립, 객관적 태도는 TV 토론 사회자에게는 꽤나 중요한 것일 텐데, 아마 그마저도 인공지능이 발달하면 제일 먼저 없어질 직업이 되고 말 것이다. 치우침 없이 정해진 시간만큼 발언을 나누고 다시 거두어들이기만 하면 될 테니까. 서로를 씹어먹지 못해서 안달이었던 패널들도 카메라가 꺼진 뒤에는 호방하게 웃으며 덕담을 주고받는다. 내 눈에 보이는 것과 보이지 않는 것, 내가 아는 것과 모르는 것에 대해 내리는 어떠한 판단도 객관적일 수는 없다. 그나마 객관에 가까운 것이 있다면 내가 모르는 것이 많다는 사실이다.

'당신의 주관은 무엇입니까?'라고 물을 순 있어도 '당신의 객관은 무엇입니까?'라고는 묻지 않는다. 객관에는 자신이 담겨 있지 않아야 하는데 자신이 담겨 있지 않은 것에 대해 자기 생각을 말한다는 게 이상하기 때문이다. 우리는 객관을 그 자체로 얻을 수 없기에 태도로 취하고자 한다. 그러나 객관적 태도나 입장을 취해야겠다는 생각도 주관이다. 입장이 없거나 선택하지 못하는 것을 객관으로 얼버무려서는 곤란하다. 만약 당신이 객관적 태도를 갖고 싶다면 외려 바로 지금 논쟁의 한복판으로 뛰어들어야 한다. 갈등의 현장에 있지 않으면서 타협에 대해 말할 수는 없는 법이다. 정당한 논쟁을 해본 사람이 부당한 논쟁을 판별할 수 있고, 비겁해져본 사람이 진정한 용기를 알아보듯 우리는 그렇게 이쪽 끝에서 저쪽 끝까지 걸어보면서 나와 다른 사람들을 이해하는 법을 배우게 된다. 어쩌면 우리가 다가갈 수 있는 객관의 최대치는 결국 타인에 대한 존중일 것이다.

대화

꼭 많은 말들 오가지는 않아도
서로 편히 앉을 자리와 얼굴 보일 불빛만 있다면
한 자락씩 나눠 갖고
그럼 내가 먼저 네 마음속으로 떠나보는 것

말들은 이리저리 떠다니면서
가만히 보이지 않게 우리를 붙잡아두는데
정말 우릴 붙잡던 건 사라져
나를 떠나고 너를 떠나와 여기에서 만나는 것

2부

비는 누군가의 슬픔 위로 내린다

관상

사십이 되고 오십이 되면 자기 얼굴에 책임을 져야 한다면서 인상이야말로 삶의 증거라던데 나로서는 썩 와닿지 않는 말이다. 유년 시절에 대한 최초의 기억 속에도 나는 이미 이마에 주름을 잔뜩 갖고 있었는데 그럼 그 나이에 나는 대체 뭘 얼마나 짊어졌단 말인가. 미간은 또 어떻고. 관상가들이 보자면 나는 이미 세상과는 불화할 수밖에 없는 운명을 타고난 것일지도 모른다. 나에게는 늘 삶보다 주름이 먼저였기 때문에 삶이 주름을 만들었다기보다는 주름이 삶을 만들었다고 보는 것이 차라리 맞을 것이다.

어린 시절의 나는 눈을 크게 뜨면 선명해지는 이마의 주름이 싫어서 점점 눈에 힘을 빼게 된다. 쌍꺼풀이 없는 눈에 힘까지 빼고 나니 다소 무심하거나 차가워 보였고, 그렇게 시간이 오래 흐르다보니 그것이 나의 대표적인 표정이 되었다. 스스로에 대해 생각할 수 있는 나이가 되자 그동안 누구도 선뜻 나를 펼쳐보려 하지 않았다는 사실을 알게 되면서 깊은 쓸쓸함에도 빠져보았다. 아직 창창한 내 삶 이렇게만 살 수는 없다. 미친놈처럼 웃는 연습도 해보고 복이 온다고 하니 밑져야 본전이다 아침마다 박수도 쳐보았다. 잘될 리가 없다. 이상하게 웃느라 온몸이 다 어색해진다. 어색한 대화를 남발하다 침묵을 이기지 못하고 자릴 뛰쳐나오던 날 내가 왜 이렇게 됐지 자괴감이 든다. 생긴 대로 살아야지 나라도 나를 있는 그대로 사랑해야지 이게 뭔 짓거린가 싶어 머리를 미는 심정으로 마음을 고쳐먹는다. 고삐 풀린 사춘기처럼 울다가도 웃고 웃다가도 울어대던 오월의 어느 날, 마음은 사실 몸의 문제다 선언하고는 그날로부터 열심히 계단을 뛰어오르기도 했다. 수영을 배우고 역기도 들어보았다. 몸이 당당해지는 것은 참 좋았지만 그것 역시 내 안의 문제를 다 해결해주지는 못했다. 뭐든 시작했으면 한 십 년은 해보고 이야기하라는 말에 세뇌된 나머지 차라리 아무것도 하지 말걸, 간신히 한 걸음을 떼었다가 열 걸음을 되돌아가곤 했다. 지겨운 것들이 반복될수록 표정에 권태가 얹히기도 했다. 내가 인정하든 인정하지 않든 마침내 나는 이런 사람이 되었다. 휴, 이게 다 이마의 주름 때문이다.

혀뿌리가 목구멍과 연결되어 있다는데 갑자기 목 아래가 답답한 것을 보니 쓸데없는 소리 좀 그만하라는 몸의 경고인가보다.

결혼을 당한 사람처럼 말해보자면

때로는 불가항력적인 일들이 운명이나 도깨비장난처럼 몰려와서 우리에게 생에 대한 겸손을 일깨워주기도 한다. 나에겐 무엇보다 결혼이 그랬다. 결혼은 일종의 직관과 판단에 기대어 살아온 내 삶에 내려진 신의 회초리와 같다. 여간해선 씨알도 먹히지 않는 고집불통인 나에게 처방된 단호한 교정 활동의 일종이었다. 결혼이 혼자 하는 것도 아니고 정당한 결혼의 주체로서 이렇게 말하는 것이 다소 무례하고 무책임하게 들릴 수도 있겠지만 일말의 진실에 관해 나의 빈곤한 언어로는 이렇게밖에 표현할 길이 없다. 피하려야 피할 수도 없고 다른 생각을 할 수 있는 여유조차 허락되지 않는 거대하고 압도적인 힘이 나를 그렇게 인도한 것이 사실이기 때문이다. 정말로 눈을 감았다 떠보니 나는 결혼해 있었다. 내가 내 세상에 갇혀 좁은 자유만을 마시고 있을 때 신은 어느 날 나를 붙잡아 딱딱한 의자에 앉힌 다음 단호하게 말하는 것이었다. "지금 이 순간부터 너는 타인을 사랑함으로써 너를 사랑하라. 그것이야말로 너에게 가장 큰 자유가 될 것이다."

안전한 울타리

　아이의 자리는 뒷문 앞. 허리와 오른팔에 힘이 없어서 교실에 있는 시간 중 절반은 옆으로 누워서 친구들을 본다. 책상 위에 침이 흥건해질수록 스스로를 받아들여야 한다. 선생은 오랜만에 아이에게 질문한다. 이마저도 아이 옆에 앉은 나를 의식해서일지도 모르겠다. 아이는 어떤 대답이든 중요하지 않다는 걸 이미 잘 알고 있고 다른 아이들은 대답에 상관없이 박수를 보낸다. 박수를 존중이라 배웠으나 정작 존중이 무엇인지는 배우지 못했기 때문이다. 한 번의 질문으로 선생은 남은 이십여 분간 면책을 보장받았다.

아이 주변에는 늘 돕는 사람들이 많은데 저마다 인사하는 법을 다르게 알려주었기 때문인지 어느 날부터 아이는 아무에게도 인사를 하지 않는다. 어른들은 아이를 둘러싼 안전한 울타리를 만들기 위해 서로 손을 이어 잡았지만 정작 그 때문에 아이에게 내밀어줄 손이 남아 있지 않다는 사실에 대해서는 무신경해 보였다. 누구를 위한 울타리인가. 알면 알수록 이해 못할 것이 없는 세상 속 각자의 사정에 관한 소리 없는 반문에 대하여, 때로는 우리의 모든 노력이 이 빌어먹을 체제의 유지와 체제 밖의 소외에 기여하고 있다는 사실을 고한다.

책가방을 맨단 휠체어가 자꾸 한쪽으로 기운다. 오늘도 고생 많았습니다. 어른들은 서로 따뜻한 인사를 주고받는다.

삶에 끌려가고 있다

거울을 보았다. 나는 영원히 반쪽짜리 창작자가 아닐까.

처음 노래를 만들었을 때는 떠오르는 것, 쏟아져나오는 것, 들려오는 것을 붙잡을 수 있기만 해도 좋았다. 단단한 덩어리들이 툭툭 튀어나왔다. 초라하고 투박한 것들도 버리고 싶지 않았다. 그것들이 무엇인지 어디로부터 오는 것인지 정확히 알 수는 없었지만 얼마 지나지 않아 그것이야말로 나에게 유일하게 허락된 축복이자 행운이라는 것을 알게 되었다. 폭발적으로 창작했다. 어떤 기법이나 기교,

방법들에 관한 생각은 미루어두었다. 그저 하루하루 내 안에서 살아 움직이는 것들에 몰입하는 것만이 중요했다. 나는 모든 것을 기록하기 위해 노력했다. 초고를 쓰면서 퇴고가 이루어지고, 첫 노랫말을 뱉는 순간 마지막 호흡을 상상했다. 내가 원하기만 하면 이야기가 되고 곧 노래가 되었다. 그것이 그때의 내가 할 수 있는 가장 정직한 행위였다.

처음으로 어떻게 살 것인가에 대해 깊이 고민하기 시작했다. 바로 지금이 가장 순수하고 아름다운 것을 만들어낼 수 있는 때임을 직감하면서도 그 모든 것이 지금으로부터 조금씩 사라질 것임을 어렴풋이 알고 있었다. 생애 한 번뿐일지 모를 빛나는 날의 한가운데에서 맘에도 없는 겸손이나 자기 검열, 버릇이 되어버린 반성 같은 것들에 둘러싸여 머뭇거리기에는 나의 인생이 너무 짧다는 것도. 창작자들은 스스로를 귀하게 여겨야 한다. 그동안의 세상이 결코 내게 호의적이지 않았다 해도 어느 순간 큰 흐름 위에 있다 느껴질 때는 한 번쯤은 그것을 타고 놀아볼 줄도 알아야 한다. 머지않아 모든 게 멈출 것임을 알기에 오히려 이참에 가볼 수 있는 곳까지 가보려 애쓰는 것이다.

돌이켜보면 그때의 나는 성실하고 겸손한 예술가들의 깊은 눈빛과 고독한 음성을 이해하지 못했다. 그들이 타고난 성정이 그렇다고 생각하면 차라리 쉬웠다. 치열하고 정직하게 사는 사람들이 한 번쯤 맞닥뜨리게 되는 고갈과 소진도 당장 나와는 먼 일이라 생각했다. 해가 머리 바로 위에 떠 있을 때는 그림자가 잘 보이지 않는 법이다. 하나씩 작품이 만들어질수록 내 안의 오래된 것들도 함께 빠져나가기 시작했다. 그것은 곧 내가 사라지는 것과 같았다. 어떤 의미에서 나는 언제나 과거였기 때문이다. 수십 년째 심장에 깊이 뿌리내린 나무를 뽑아내는 것처럼 오래된 것들을 덩어리째 들어내는 것은 후련함과 동시에 커다란 빈자리를 만들어낸다. 그뒤엔 마치 기다리기라도 한 듯 사방에서 온갖 것이 그 자리를 채우기 위해 몰려든다. 그렇게 무언가를 꺼내어 만들고 채우고, 다시 만들어내고 채우며 가끔 어떤 것들을 알아채거나 운좋게 새로운 것을 발견하면서 조금씩 달라지는 것이다. 그 변화 속에는 늘 오래 유폐된 것들의 예상치 못한 방출과 그로 인한 퇴행이 곳곳에 숨어 있었고 그것을 감당해야 하는 것은 오로지 나 자신이었다.

욕망으로서의 창작이든, 생활로서의 창작이든, 영감으로서의 창작이든, 훈련으로서의 창작이든 모든 창작자는 결국 자신이 아니기 위해서 자신과 싸우게 된다. 최초의 창작이 자기 자신일 수밖에 없다면 최후의 창작은 지금의 자신이 아니어야 하기 때문이다. 그래서일까. 창작자들의 선명하고 아름다운 결정체들은 창작 초기에 쏟아져나오곤 한다. 표현하고 싶은 것들이 언어와 감정의 영역에서 크게 한바퀴를 돌고 나면 마치 세상의 비밀을 다 알아버리기라도한 것처럼 더이상은 아무것도 말하고 싶지 않은 순간을 만나게 된다. 아무리 두드려봐도 먼저 열어주는 이 없고 혼자서는 절대 열 수도 없는 커다란 문 앞에 서 있는 것 같은 날들이 이어진다. 나의 샘이 벌써 다 말라버린 건 아닐까, 그빛나는 시간들이 나에게 다시 올까 깊은 두려움에도 휩싸인다. 내 안의 모든 것이 결국엔 여기서 이대로 멈추게 되더라도 그 사실을 아무도 몰랐으면 좋겠다고 생각했다.

계절이 몇 번쯤 바뀌고 나서야 더이상 느껴지는 게 없다는 사실을 그대로 받아들일 수 있었다. 그러고 나서야 가지않던 길을 가고 읽지 않던 책도 읽어보았다. 만나지 않던사람을 만나고 먹지 않던 음식도 먹어보았다. 재미있는 일은 많았지만 좋은 일은 그리 많지 않았다. 시들어가는 나를위해 시시한 노력을 하고 나면 오히려 더 시시해지기도 했다. 모든 것들을 다 해볼 수 있어도 반드시 그럴 필요가 없는 이유는 늘 조금은 동경할 만한 것들을 남겨두기 위해서 인지도 모른다.

어느 날 문득 내가 삶에 끌려가고 있다는 생각이 들었을 때 마음속에 오래 남아 있던 사람들의 슬픈 표정을 비로소 조금은 이해하게 되었다.

몇 년 동안이나 정열을 기울여 내가 만든 것이
소란한 시장에 진열되어 있다.
흥겨운 사람들은 그냥 스쳐가면서
웃고, 칭찬하고, 좋다고 한다.

그들이 웃으며 머리에 씌워주는
이 흥겨운 월계관이
내 생명의 힘과 빛을 다 삼켜버린 것을
나의 희생이 헛되었음을, 아는 사람은 하나도 없다.

_헤르만 헤세, 「예술가」 전문, 『헤르만 헤세 시집』, 송영택 역, 문예출판사

부적응을 사랑해

모든 것들과 너무 가까워선 안 돼. 조금 물러서려 했다가 너무 멀리 떨어져나와버리고는 멍하니 서 있는 나를 본다. 너무 조심스러워야 했던 것들에 대해서는 결국 눈물이 흐른다. 흐르는 것을 사랑으로 착각했던 시간이 지나고 나면 결국엔 나를 위해 울었다는 것을 알게 된다. 무언가를 진정으로 존중한다는 것은 무엇일까. 이리저리 갈피 없는 노력을 반복하다보면 어차피 뭐 이러나저러나 처음부터 그냥 내가 할 수 있는 걸 하는 게 제일 좋았을 거라는 쉬운 생각에 그만 닻을 내리고 싶어진다. 그 어떤 연민이나 동정,

무언가를 특별히 아끼고 더 사랑하려는 태도는 일방적이기에 반드시 무례하다. 누군가 자발적으로 지켜온 고독을 내가 뒤흔들고 말았다는 걸 알게 되었을 때 동의받지 못한 선의는 폭력이 된다. 아무것도 하지 않으면 아무것도 발생하지 않는다는 걸 잘 알고 있지만 많은 경우 차라리 아무것도 하지 않는 게 더 낫다는 생각이 드는 건 이 때문이다. 나는 단지 모든 부적응하는 이들이 적어도 내가 나에게 하는 만큼은 기대하고 좌절할 수 있기를 희망한다. 결국 모두가 부적응할 수밖에 없는 존재임을 알게 될 때 우리는 비로소 평등해지며, 평등한 곳에 부적응은 없다.

여름

삶을 사랑하게 되는 여름

무언가를 사랑하는 나를

조금은 사랑하게 되는 여름

보고 싶은 사람들

술에 취해서 그런지 옛날 생각이 너무 많이 납니다.

대리운전 기사님이 오셨는데 뒷자리에 타는 게 뭔가 불편해서 그냥 옆자리에 앉았습니다. 나도 말을 하지 않을 테니 기사님도 철저히 저를 만오천 원어치 사람으로만 대해 주셨으면 합니다. 차는 넓은 도로로 접어들었고 가로등이 꺼진 버스 정류장에서 담배를 피우는 사람을 보았습니다. 〈꽃〉이라는 노래를 부르다가 눈물이 쏟아졌던 날이 떠오릅니다. 잘 차려진 밥상에서 흰쌀밥을 입에 밀어넣다가 갑자기 눈물이 목을 타고 올라오던 날도 생각납니다. 모두가 이게 마지막이라는 것을 직감하던 날들입니다.

지금 나의 기분은 마치 독한 냄새가 나는 검은 고무를 씹고 있는 것 같습니다. 침이 고무는 녹일 수 없을 텐데도 내 입은 금방 검어질 것 같습니다. 그것은 내가 오늘 말을 많이 했기 때문입니다. 나는 오늘 못된 놈들을 실컷 욕했습니다. 그런데도 내가 분별없이 욕지거리만 하는 사람이기 싫었던 것이 결국 나의 개운한 기분을 망쳤습니다. 나는 왜 아직도 칭찬을 갈망하고 비난을 외면할까요.

어떻게 살아야 할까

무기력과 우울, 공황과 목적 상실, 에너지와 열정의 고갈, 스스로를 잃어버린 존재가 되어 점점 흐려지다가 마침내 전원이 꺼져버리는 것. 죽음을 상상한다. 어떻게 살아야 할까.

일상의 무의도적인 반복을 어떻게 끊어내어야 하는가의 문제를 치열하게 고민할 것. 결국엔 모든 것들로부터 배우기 위해 노력할 것. 어두운 때에는 묵묵히 걸을 것. 즐거웠던 날들을 추억하기보다는 어두웠던 날들을 껴안고 나아갈 것. 나의 언어로 말하고 노래할 것. 익숙한 것을 새롭게 보기 위해 노력할 것. 복잡할 때에는 우선 움직이면서 필요한 것들을 채워갈 것. 중요한 순간일수록 정말로 내가 원하는 것이 무엇인지를 물을 것. 내 안의 울림과 갈등을 존중하고 그것들을 표현할 수 있는 상태를 유지하기 위해 노력할 것. 일상과 몰입의 상태를 구분하여 인식하고 몰입의 상태가 일상 속에서 더 자주 지속될 수 있도록 노력할 것. 다소 경솔하더라도 최선을 다해 비일상적인 곳을 여행할 것. 이성과 합리로 따져 물을 때에도 논리의 끝에서는 무책임한 낙천성을 잃지 않을 것. 세상의 흐름과 나의 삶이 나란히 갈 수 있는지 그럴 수 없는지에 대한 감각을 열어둘 것. 어떤 감각들이 둔해질 때는 모든 방법을 동원하여 감각을 순환할 것. 몸의 긴장과 이완에 대해 충분히 관심을 갖고 필요한 휴식을 적극적으로 처방할 것. 유일한 순간에 꼭 필요한 것을 폭발시키기 위해 평소 너무 많은 것을 밖으로 꺼내지 말 것. 가장 고독할 수 있고 가장 자유로울 수 있는 시간과 공간을 만들 것. 사소하고 초라한 창작들을 꾸준히 기록할 것. 무언가를 사랑하기 위해 노력할 것.

돌아간다고 해도

    한때 사랑했던 사람들을 떠올려본다. 시간이 지나도 내가 그들을 사랑했던 이유는 변하지 않는다. 다시 그때로 돌아간다고 해도 아마 내 세계는 똑같이 흔들릴 것이고, 불속인지 알면서도 뛰어들 것이다. 그러나 사랑했던 사람들이 다시 만나게 되었을 때 아무것도 달라지지 않는 것은 전에 멈추었던 지점에서 결국 다시 멈추게 되기 때문이다. 서로를 바꾸려 했던 그 고통스러웠던 기억들이 이미 본능 속에 편입되어 의지나 이성이 작동하기 전에 몸이 먼저 굳어버리고 마는 것이다.

거울 앞에서

손을 베었다고 말했습니다. 피가 나지 않아서인지 당신은 내 말을 믿지 않았습니다. 혈관을 건드리기 직전까지만 날카로웠나봅니다. 풍선을 배구공이라고 생각하고 손바닥으로 휘감아 때렸습니다. 잠깐 솟구쳐 올랐다가 곧 다시 떨어지기 직전에는 틀림없이 잠깐 멈추었을 겁니다. 풍선은 찰나에 무엇을 보았을까요.

내가 알고 있는 건 아마 당신도 알고 있을 겁니다. 마찬가지로 당신이 알고 있는 건 나도 알고 있을 겁니다. 슬픔에 관해서는 어떻습니까. 내가 슬플 때 당신이 함께 슬퍼해주었던 것을 기억합니다. 고마웠습니다. 하지만 당신이 슬플 때 나는 그렇게 슬프지가 않았습니다. 여기서부터 내 눈물은 불공평한 것이 되고 말았습니다. 나는 지난밤 매우 말이 많았습니다만 말 많은 사람이 모두 외로운 것은 아닙니다.

마른입으로 굳이 털어놓자면 나는 비염인지 축농증인지를 치료하기 위해 저명한 분을 찾아가기보다는 단 십 분이라도 더 일찍 잠을 청하려 노력하는 게 중요한 사람입니다. 지혜로운 자들은 이미 세상의 양면성이나 X와 Y, 그리고 Z축으로의 입체성에 대해 꾸준히 기록해두었습니다. 그 마른 잉크들만 도려내어도 그 무게가 620만 톤에 달할 것입니다.

환부를 착각하여 몇 번씩 죄 없는 뇌를 꺼내어 물로 씻어댈 수밖에 없던 이별이나 조용히 경화가 진행되고 있던 심장을 과신한 채 방치한 욕망으로 인해 곧고 유연했던 척추와 목뼈가 겪어야 했던 고통은 모두가 젊음의 대가였습니다. 무언가 뒤늦게 알아차린 것이 자랑은 아니니 지금부터라도 반드시 달라져야 합니다.

눈알이 아프거든 우선 안경을 다시 귀 뒤까지 잘 써보는 게 좋습니다. 괜찮아지지 않는다면 곧 렌즈를 다시 맞춰야 할 겁니다. 만일 그래도 고통이 지속된다면 더 늦기 전에 거울 앞에 서십시오. 당신을 역겨워하는 이들이 많다는 사실을 이제는 그만 받아들여야 합니다.

회복 탄력성

몸이 오른쪽으로 다 안 좋다. 오른다리, 오른쪽 어깨, 오른쪽 무릎. 피곤하면 뾰루지도 오른쪽 턱, 오른쪽 뺨에 더 생기는 것 같다. 모두 어떤 오래된 습관들 때문이겠지. 몸은 이미 여러 형태로 신호를 보내왔을 텐데 내가 대수롭게 여기지 않았다. 우연히 어떤 곳에 잠깐 자리를 잡았던 관절이나 근육이 생각보다 오래 그 자리에 머물게 되면서 아마 그것들 스스로도 고개를 갸우뚱했을 것이다. 이대로 괜찮을까.

어릴 때는 잠을 자고 일어나면 모든 것이 제자리로 돌아오곤 했다. 추운 밤 늦게까지 밖을 쏘다니던 날도, 밤새 뇌 신경을 트랜지스터에 물려 컴퓨터 앞에 앉아 있던 날도 깊은 잠이면 모든 게 씻은 듯 나아지곤 했지만 지금은 그때와 다르다. 가끔은 갑자기 주어진 목적 없는 휴식이 오히려 몸의 리듬을 더 파괴하는 것같이 느껴지기도 한다. 일에도 쉼에도 관성과 익숙함이 더 중요해져버린 어느 날 나는 일단 한 번 죽고 말았다. 묘비에는 스스로를 위로하며 이렇게 썼다. '그는 너무 빨리 절반의 삶을 마친 덕분에 나머지 삶을 조금 더 일찍 시작했다.' 나머지 절반의 삶. 이렇게 살 수는 없다.

세 달

단 삼 개월의 완벽한 시간이 주어진다면 나는 날마다 조금씩 완전한 고독을 투석하여 다시 누군가를 사랑할 수 있는 사람이 될 텐데. 종종 나에게 불시착하는 불쌍한 것들과 무례하기 짝이 없는 놈들에게 따뜻한 차를 내어주고 담요를 덮어주는 사람이 될 수 있을 텐데.

친구의 이별

아름다운 것들이 일상이 되기란 정말 어렵다. 삶이 천천히 죽어가는 것이라면 사랑은 천천히 혼자가 되는 것이다. 언제든 모든 것을 끝낼 수 있다는 무언의 신호가 오히려 관계의 지속 가능성을 담보한다는 것은 사랑의 역설이다. 너무 차갑거나 너무 뜨거웠던 사랑을 떠나보낸 뒤 무언가를 배웠다면 아마 그것은 결국 자신을 지키는 방법이었을 것이다. 고요한 평정을 향해 달려와 지금에 도착해 있으면서도 불안 없는 사랑의 진위에 대해 끊임없이 회의하게 되는 것이야말로 사랑하는 이들의 숙명이자 비극이다.

친구의 이별 소식이 슬프지 않았다. 그들의 사랑이 시작되던 날 그 끝을 예감했기 때문이다. 평소와 다름없이 깊고 차가운 대화를 나누었다. 언젠가는 나도 그렇게 위로받기를 희망하였다. 친구를 보내고 집으로 돌아오는 길에 맥주를 마시며 입꼬리를 두어 번 올려보았다. 오래 웃지 않았는데 잃어버린 건 슬픔이었다.

공원에서

　도서관 근처의 작은 공원에서 우연히 오랜 친구를 만났다. 고등학교 졸업 이후 처음으로 마주앉아 이야기를 나눈다는 사실이 흘러간 시간을 세어보게 했다. 친구는 이 공원을 별로 좋아하지 않는데 오랜만에 와보았다 했고 이유를 묻기 전에 실은 나도 그렇다고 했다. 십 년 전쯤 뭘 해도 되는 것이 없던 그때 도서관에서 도피성 독서를 하며 어떤 글자라도 머릿속에 집어넣는 것만이 거의 유일한 정신적 자립이던 시기가 있었다. 시간이 지날수록 가슴속에 돌덩어리들만 쌓이는 것 같아서 책을 덮고 공원을 걸을 때면 비어 있는 벤치들과 소리 없이 흔들리는 나무들이 만들어내는 그 활력 없는 풍경들이 나를 더욱 질리게 했다. 기억 속에서 언제나 활발하기만 했던 친구는 어느새 자신이 젊어지게 된 것들에 대해 천천히 들려주었다. 나는 이야기 사이사이에서 잠깐씩 쉬며 내 삶의 무게와도 견주어보았다. 그리 길지 않은 시간이었지만 그의 음성과 눈빛에서 그동안 그가 알게 된 것들과 나아가고자 하는 길을 짐작할 수 있었다. 앞으로 종종 이렇게 우리 꿈들을 나누어 보자 했다.

자리에서 일어나며 그는 내게 시인이 되려 한다 했다. 환하고 깊은 그의 웃음 속에서 잊고 있던 나의 어린 시절도 함께 보았다. 선선한 가을밤 무언가가 우리를 해방시키고 있었다.

지구에게

주변을 둘러보았을 때 누구의 잘못도 아닌 일들은 우리 모두의 잘못이다.

흙장난

붙잡으려 할수록 손가락 사이로 빠져나간다는 것은 놀이터에서 마른 흙을 가지고 놀던 어린 시절부터 어렴풋이 알고 있었지만 사랑은 흙장난과는 또다른 것이었다. 다 움켜쥘 수도 없거니와 그렇다고 가만히 놓아둘 수도 없는 것이었다. 흙으로는 큰 성이며 저택이며 많이도 만들어봤지만 누군가를 위해서는 내 마음속 작은 방 하나 만드는 것조차 쉽지 않았다. 가만히 두면 조금씩 바람에 쓸려가는 모래성처럼 사랑도 자꾸 들여다보고 어루만지지 않으면 메마르고 부서지다 결국 모두 흩어져 사라지고 마는 것이었다.

집

엄마 당장 이사 안 갈 거면
새로 도배하든지
물건들이라도 좀 다 갖다버리자
이번에 여유 좀 생기면
당장 소파든 뭐든 좀 사서 보낼게

여긴 왜 이렇게 그대로지
굳게 마음먹고 집 나와 산 지 오래
나와 살다보니 마음이 굳은 지 오래

나는 예전의 내가 싫어요 엄마

들여다보니 다 내가 더럽힌 벽지

제일 먼저 버리고 싶은 책장

그 깊이 사춘기 시절 온갖 메모들 편지들

한 치 앞도 모르고 읽던 책들

모두 한때 내게 뜨거웠지만 지금은 잊은 것들

집에는 온통 내가 어쩔 수 없는 일들만 있어서

그땐 어떻게든 멀리 달아나고 싶었는데

이젠 정말 멀어졌네 말하게 되는

집은 어쩔 수 없어서 떠나고는

결국 어찌할 수 없게 되어버린 것

처음은 명분인데 나중엔 변명인 것

부모와 부모

아이가 태어나고 부모님과의 관계를 새로 맺게 된다. 아
이가 자라는 모습은 모두에게 안전한 이야깃거리가 된다.
우리는 아주 오랜만에 아이를 통해 순수한 감정을 주고받
는다. 꽤 오랜 시간 동안 잊고 있었던 무조건적인 사랑의
감정이 여러 가지 언어와 표정으로 호출된다. 서로가 아이
를 대하는 모습을 보면서 잊거나 잃어버린 시간에 대해 생
각한다. 때로는 나를 통해서 충분히 실현하지 못했던 욕망
이 오랜 침묵을 깨고 아이에게 투사되는 모습을 본다. 나
에게 하고 싶은 말이 아이에게 가고 있다는 걸 느낄 때는

아이를 안고 방을 나선다.

'당신의 자식이 이제 한 아이의 부모가 되었습니다. 당신과 저의 문제를 아이에게까지 가져가고 싶지 않습니다. 저의 부모로서 당신의 노고에 깊이 감사드립니다. 그리고 존경합니다. 그와 함께 저는 더욱 단호한 사람이 되었습니다. 당신과 마찬가지로 저도 부모가 되었기 때문입니다.'

서로를 진정으로 존중하기 위해 많은 것을 감내하며 변화를 선택해왔다고 생각했는데 모든 게 제자리였음을 알게 되는 순간 정신이 번쩍 든다. 물론 모두가 각자의 방식으로 새로운 관계를 맺는 것이기 때문에 나와 부모님과의 관계를 모두의 관계에 덮어씌울 생각은 전혀 없다. 그러나 근육이 경직되고 피가 멈추는 것 같은 화학적 신호는 오랜 시간 직접 관계를 맺어온 내가 가장 크게 느낄 수밖에 없고 그렇기에 어떻게 할 것인가의 문제도 우선 가장 먼저 내게 주어지는 과제다. 허리를 세우고 자세를 고쳐 앉으며 아주 빠르게 예전으로 되돌아가는 것을 선택한다. 그것은 아마 서로에 대한 작은 존중이 무너지다 결국 삶 전체가 통째로 흔들려보았던 불안의 경험 때문일 것이다.

어느 날 이후 나는 부모로부터 완전히 떨어져나왔다고 생각했지만 여전히 부모의 작은 말과 행동이 나의 세계에 적지 않은 영향을 미치고 있음을 알게 되었다. 머릿속에서 두드러기가 난다. 일종의 면역 과민 반응처럼 외부에서 나를 두드리는 자극의 크기보다 내가 스스로를 지키기 위해 쓰는 에너지가 더 크면 결국 나는 나와 싸우게 된다. 막아서기 위해 힘을 기르다 그 힘의 날카로움이 내 안을 향할 때 나는 대체 무엇을 위해 힘을 길렀던 것인지 그 목적과 방향을 상실하고 만다.

내 안에도 부모가 흐른다. 부모를 극복한다는 것, 부모로부터 독립한다는 것은 결국 내가 나를 극복하고 이전의 나로부터 독립하는 것을 의미한다. 바로 지금 나의 좁고 어두운 이 마음으로부터 분연히 떨쳐 일어날 수 있는가 하는 것 말이다. 찬물을 마신다. 아직도 머리로만 부모를 이해하려는 내가 어느 날 부모가 되었다.

토마토

    선생이 되고서부터 매년 아이들과 교실에서 방울토마토를 길렀다. 왜 토마토였을까 딱히 이유는 없었던 것 같다. 토마토도 아이들도 쑥쑥 자라는 존재여서인지 교실과 참 잘 어울리고 좋았다. 토마토는 열매를 맺기까지 그렇게 오랜 시간이 걸리지 않고 기르기 까다로운 편도 아니지만 교실에서는 일조량의 부족 등 생각만큼 그렇게 주렁주렁 잘 열리지는 못한다. 관리하지 않고 그냥 두면 교실 천장에까지 닿을 정도로 웃자라거나 옆으로 옆으로 자라서 덩굴 식물처럼 창을 뒤덮기도 한다. 곁순을 잘 솎아주고 때가 되면

붓으로 꽃들을 잘 비벼주어야 그나마 아이들이 서너 번 나눠 먹을 만큼 열린다.

처음에는 행정실 주무관님의 도움도 많이 받았다. 주무관님들은 못하시는 게 없다. 지나가는 길에 토마토를 잘 기르려면 어떻게 해야 하는지 여쭤보았더니 그날 이후 일부러 우리 교실 앞을 자주 지나가주신 덕분에 틈틈이 여쭙고 많이 배웠다. 참 감사한 일이다. 그로부터 한 해 두 해 꾸준히 기르면서 나도 이제 교실 농사 초보 티는 벗었다. 가끔 이런 생각을 한다. 학교에 이렇게나 사람들이 많은데 한 사람 한 사람 각자의 지혜를 한 가지씩만이라도 더 나눌 수 있다면 모두가 얼마나 풍요로울까. 몇 년간 같이 놀고 함께 일해도 서로를 잘 모를 때가 많다. 서로가 서로를 발견하려는 노력도 중요하지만 무엇보다 자신을 충분히 드러내고, 도움을 요청하고, 흔쾌히 나눌 수 있는 안전한 공간을 만드는 게 먼저일 것이다.

아이들과 토마토를 수확하기로 한 날, 출근길에 토마토를 두 봉지 더 산다. 한 봉지는 행정실에 가져다드리고 한 봉지는 교실에 가져간다. 우리가 직접 기른 것에 사 온 것을 조금만 더하면 수확의 기쁨을 충분히 느낄 수 있기 때문이다. 아이들과 토마토를 나눠 먹는 날 아침에는 칠판에는 늘 이와 같이 썼다. '토마토가 그동안 소리 없이 열심히 자랐네. 바로 너희들처럼 말이야.'

말

말을 해야만 하는 때가 있었다
그래서 사람들과 점점 멀어졌다

말을 아껴야만 하는 때가 있었다
그래서 사람들과 점점 멀어졌다

말을 적당히 하게 되었을 때가 있었다
그래서 사람들과 점점 멀어졌다

어떻게 말해야 하는지 알겠다고 생각했을 때가 있었다

그래서 사람들과 점점 멀어졌다

아무 말도 하고 싶지 않아졌을 때가 있었다

그래서 사람들과 점점 멀어졌다

새 신

당신이 내게 새 신발을 사주었으면 좋겠다. 그러고는 이 것을 신고 어디로든 잘 다녀오라고 말해주면 좋겠다. 나는 새 신을 신고 원하는 만큼 멀리 가볼 것이고 또 원하는 만 큼 멈춰 있을 것이다. 원하는 만큼 높은 곳에도 올라가볼 것이고 미련이 남았던 길을 조용히 되돌아 가보기도 할 것 이다. 어느 날에는 지겹도록 제자리 뛰기를 할 수도 있고 또다른 날에는 어디론가 전력을 다해 달려볼 수도 있을 것 이다. 오래 읽던 책을 덮고 집을 나서는 날 나는 새 신을 신 고 사람들 사이로 걸을 것이다.

나의 기도

가로등이 꺼진 길에서 갑자기 모든 게 두려워질 때면 나를 떠올려주세요. 무얼 마시든 부딪칠 잔이 필요하다면 나를 초대해주세요. 무엇 하나 뜻대로 되지 않았던 하루를 당신 손으로 구겨버린 날 명백한 반성에 앞서 내게 달려와주세요.

그러나 언젠가 당신에게 내가 필요하지 않게 되기를 기도합니다. 마침내 그날이 온다면 나는 날개 같은 옷을 입고 긴 춤을 추다 천천히 사라져 영원히 돌아오지 않을 생각입니다. 그동안 우린 참 많은 시간을 함께 보냈습니다. 당신이 지난밤 유독 편안하고 아늑했다면 그건 아마 내게 남은 시간이 얼마 남지 않았다는 것일지도 모르겠습니다.

당신을 사랑하게 된 이후로 불 꺼진 집을 나서며 어두운 방들에게 고개 숙여 인사하는 버릇이 생겼습니다.

내가 좋아하는 것 내가 싫어하는 것

정의로운 자들의 냉소와 부정의한 자들의 너그러움을 경계한다. 태도와 표현을 넘어 입장과 선택을 살피고자 한다. 언어의 명확한 해석을 요구하는 집요한 시도들에 반대한다. 아름다운 것들은 대부분 쉽게 말해질 수 없으며, 존재 자체로 이미 선명하기 때문이다. 불편한 것들에 대한 직관을 신뢰한다. 외면하거나 여지를 남겨둔 것들로부터 반드시 비극을 확인해왔기 때문이다. 문학을 사랑하지만 문학적인 태도를 경계한다. 문학에는 입체적이고 넓은 세상이 담겨 있지만 문학적인 태도는 삶을 대하는 수많은 방식

중 하나일 뿐이기 때문이다. 자신의 주장을 철회하는 데 오랜 시간이 걸리는 사람들을 신뢰한다. 충분히 타당하게 설득당하고자 하는 까다로움이야말로 지성에 대한 경외이다. 나는 아무것도 하지 않아도 되는 순간들을 사랑하지만, 아무것도 하지 않으면 아무것도 발생하지 않는다는 사실 또한 늘 가까이 두려 한다.

기억

우리를 만나게 한 것이 착각이라면 떠나게 한 것은 오해일 것이다. 누군가에게 어떤 식으로든 기억되는 것이 부담스러운 이유는 기억은 보통 사실 한 스푼과 오해 세 스푼으로 이루어져 있기 때문이다. 누구든 자신이 원하는 모습으로만 기억될 수는 없으니 어느 곳에서건 흔적이 남는 일이라면 용기로 시작해 책임으로 마쳐야 하는 법이다.

한편으로는, 발생과 기록 사이의 시차가 만들어낸 기억의 놀이터에서 마음껏 오해하며 뛰어놀 수 있는 것도 축복이다. 오해가 머물 수 있는 자리에는 의미도 초대될 수 있기 때문이다. 기억은 얼마든지 새롭게 해석될 수 있다. 설령 고통이 가득한 기억도 내가 더이상 그것을 고통으로만 남겨두지 않겠다는 의지를 가진다면 얼마든지 달라질 수 있다. 기억의 주인은 나이고 기억이 머무는 주소는 지금이기 때문이다.

조금 덜 보이고 조금 덜 선명해도 괜찮은 것들이 좋다. 우리는 모두 알다가도 모를 사람들이기 때문이다. 다 보이는 것들은 외설적이다. 외설적인 것들은 끊임없이 자극과 반응, 의심과 증명, 요구와 충족을 강제하여 너와 나 사이 의미의 공간을 철거한다. 안경을 벗고 바라보는 밤의 풍경이 아름다워 보이듯 때로는 이미 드러난 진실들에 관해서는 조용히 응시할 수 있어야 한다. 굳이 모든 것들을 들추고 짚어대는 일은 대부분 무례하거나 무의미하다. 보이면 보이는 대로, 잘 안 보이면 잘 안 보이는 대로 착각과 오해를 조금씩 함께 진실로 만들어가는 것. 우리는 그것을 사랑이라 부른다.

사진을 보다가

셔터를 누르는 한순간을 위해 떨어지는 입꼬리를 견딘다. 결국 순간이 영원을 규정하기 때문이다. 처음으로 녹음된 내 목소리를 들었을 때의 당혹감처럼 사진 속 나는 늘 내가 생각하던 모습과 달라서 내가 찍힌 사진이 마음에 들었던 적은 거의 없었다. 하지만 일 년이건 이 년이건 시간이 지나서 다시 꺼내어보면 미우나 고우나 그 모습 그대로 다 괜찮았다. 내가 나와 화해하는 데에도 이렇게 시간이 걸린다. 사진이 내게 주는 교훈은 지나고 보면 다 괜찮을 일들이니 뭐든 너무 아등바등하지 말라는 것이다.

사진 속 어색한 멈춤이 아름답다. 이를테면 음식을 씹느라 우물거리는 입 모양의 찰나. 사진은 멈춰 있지만 눈앞에서는 그날이 펼쳐지고 그들이 살아 움직인다. 흘러가버린 것들은 참 애틋하다. 사진들은 묵묵히 내 곁에서 함께 나이를 먹다가 어느 조용한 오후 불현듯 호출되어 그때 눈물이던 것들은 웃음이 되고, 웃음이던 것들은 눈물이 되곤 한다.

무서운 세상

맞은편에서 걸어오는 사람이 옷 속에서 무언가를 만지작거리고 있다. 그것이 칼인지 사탕인지는 꺼내기 전까지 결코 알 수 없지만 점퍼 속에 손을 넣고 걷는 사람들을 모두 살인마라 생각하지는 않는 것처럼 우리는 의식적으로든 무의식적으로든 서로 믿으며 산다. 운전을 참 좋아하지만 가끔 생각해보면 운전만큼 막연히 서로를 믿으며 위험을 감수하는 일도 별로 없다. 무거운 쇳덩어리를 시속 100킬로미터 넘게 달려대는 일이니까. 맞은편 차로에서 빠르게 달려오는 차들 중 한 대라도 갑자기 차선을 넘어올지 그렇지 않을지는 서로 완전히 지나치고 나서야 알 수 있다. 횡단보도를 건너고 있을 때 신호 대기하던 차가 갑자기 나에게 돌진하지는 않을 거라는 믿음도 비슷하다. 지금도 크고 작은 비극은 반복되고 있지만 여전히 규칙을 지키고 안전하게 운전하는 사람들이 훨씬 많다는 것을 의식적으로든 무의식적으로든 믿기 때문에 길을 건너기 위해 발걸음을 옮길 수 있는 것이다. 내가 안전하기 위해서라도 모두의 안전을 보장하겠다는 이기적 이타심이라도 좋다. 무서운 세상 속 믿을 건 결국 우리 서로뿐이다.

오후의 환상

오후에는 꿈이 생긴다. 해를 따라 나도 저물고 있다 생각하다가 하늘에 물드는 게 바로 사랑의 색이라니 잠깐 모든 게 괜찮아진다. 우편함을 열어보니 멀리 미국에서 편지가 왔다. 기찻길이 그려진 우표에서 기름 냄새가 났다. 여기까지 어떻게 기차를 타고 왔을까 생각하다가 편지지의 색 바랜 낙서에서 어린 기관사의 장래희망을 엿보았다. 이십오 년 전 소년은 태평양을 횡단하는 하얀 복엽기를 그렸고 마침내 편지는 멀리 이곳까지 날아왔다.

다음날 새벽 강을 따라 걷다가 하늘에 손가락을 쏘았더니 날던 새가 떨어졌다. 아무도 내 말을 믿어주지 않았고 나는 다만 겨누었던 것은 맞다고 말할 뿐이다. 그날 밤에는 비가 내렸다. 비는 항상 누군가의 슬픔 위로 떨어진다.

역마

참 이상하지. 이곳에서 배운 건 늘 저곳에 가서 쓰게 된다. 그래서 지금의 여러 가지 실수와 실패에 대해서는 미리 용서를 구할 수밖에 없다. 나를 아는 사람이 아무도 없는 곳에서는 어젯밤 알게 된 것들을 당장 시험해보고 싶어진다.

열일곱의 봄을 지나며 나는 더이상 답을 찾기 위해 애쓰지 않았다. 답이 있다면 그것은 저스트 두 잇, '오직 하는 것'뿐인지도 모르겠다. 무언가를 하고 있다는 것은 지금으로부터 떠나고 있다는 뜻이다. 우리는 어디에서건 어디로든 떠날 수 있어야 한다. 떠나야만 달라질 수 있고, 달라져 본 사람만이 한결같음을 약속할 수 있다. 떠나야만 다시 돌아올 수 있고, 다시 돌아온 사람만이 깊이 머물 줄 안다.

무대에서

흰 조명 아래 사람들 물결

천천히 또 빠르게 흐르는 시간

노래 속 감춰놓은 미운 사람들 떠오르다가

결국은 우리 서로에게 박수를 보내는 마음으로

주인 된 삶

전등불 끄고 나올 때
딴생각을 했다
이게 말이 되나 내 인생인데
너희들 삶의 주인 되어라
알고 보면 다 나한테 하는 말

운동장 지나 주차장 가는 길
발에 밟혀 주워보니
영어 단어 열세 개 중에 두 개 맞았네

SUBWAY는 맞았는데 BUS는 틀린 게 재미있다
아버지랑 샌드위치 사 먹으러 자주 갔나
경험이 선생이다

이비인후과 의사 말고
신경과 의사가 쉬어야 한다고 하니까
갑자기 머리가 더 아픈 것 같다
첨단 기계를 머리에 쓰고 뇌파 검사를 하면서
한약을 한 제 지어 먹어야 되나 생각했다
사주쟁이는 신장을 조심하랬는데
이제 오줌까지 관찰해야 되나
피곤한 삶이다

창문을 열고 닐 영을 들으며
아무도 모르게 작은 춤을 추었다

전염병

타인과의 거리를 존중할 줄 모르던 사람이나

진정으로 고독해본 적이 없던 사람들은

유착 기대 지배욕 투사 아첨 질투의 연료를 태우며 달리고

너무 자신만을 지키기 바빴던 사람이나

무언가를 발생시킬 용기가 없던 사람들은

무관심 방치 회피 자기위안 위선의 연료를 태우며 달린다

병이 온 세상을 돌아다니며

모든 것들을 잠시 멈추게 하더니

과한 것들은 조금 덜어내도록

모자란 것들은 조금 채워보도록

유례없는 반성과 회복의 시간을 주었다

우리는 다시 반성 이전의 자유로 돌아갈 수는 없겠지만

새로운 자유가 어떤 모습이어야 할지에 관해서는

이참에 충분히 생각해볼 수 있을 것이다

잠

잠이 온다. 잠은 이마 위 어디쯤에서 조용히 출발해서는 매우 신중하고 섬세하게 움직이기 때문에 가까이 올 때까지 잘 들키는 법이 없다. 잠이 눈꺼풀에까지 닿았다면 그때는 이미 막을 도리가 없다. 눈을 뒤덮은 잠은 곧 온몸으로 쏟아져 내리기 시작한다. 가만히 맞고 있으면 젖거나 부딪침이 없는데도 점점 무거워지는 걸로 봐선 잠은 틀림없이 기체일 것이다. 가만 보자. 기체의 밀도는 압력에 비례하고 온도에 반비례하니까 잠의 밀도를 높이기 위해서는 무엇보다 서로 꼭 껴안아 압력을 높이는 것이 좋겠고, 침실의 온

도는 너무 덥지 않도록 항상 선선하게 유지하는 것이 중요
하겠다.

나누어 갚기

나는 움직일 때마다 고마운 사람들이 생기는데 내가 받은 것의 삼 분의 일만이라도 고마움을 전하고 싶지만 늘 서툴고 시원찮다. 세월은 기다려주지 않는다는데 그 노력은 노력대로 꾸준히 하기로 하고 우선은 다시 만날 때까지 정말 열심히 살아야겠다고 생각한다. 지금을 유예하지 않는 것이야말로 내가 할 수 있는 가장 정직한 보답이라는 마음으로. 마음 갚는 건 돈 갚는 것과는 다르니까 나는 내가 할 수 있는 방법으로 오랫동안 나누어서 갚고 싶다.

폭력 앞에서

진짜로는 아무런 도움도 줄 수 없는 걸 알면서도 심심한 말이라도 건네며 곁에 있고 싶은 마음이었다. 의롭다 의롭지 않다 관념과 사변 따위에 입과 손발이 묶여버린 채 냉동실의 동태처럼 굳어 있었기 때문이다.

언어의 저울은 무거우면 무거울수록 오히려 값이 떨어지는데 애매하고 모호한 말들로 제값을 받아내려는 것이야말로 인간성에 대한 기만이다. 당신은 결국 광장에서 죄 없는 자의 뺨을 때리고 말았고 사람들은 항상 맞은 자보다 때린 자의 사정을 궁금해한다.

누군가는 오늘밤 아무 말 없이 저 애처로운 사람을 껴안아주었으면 좋겠다. 큰 목소리로 빈약한 용기를 가장하려는 자들이 광장을 장악한 이후 밤은 더욱 휘황해졌을지 모르지만 결국 얼어붙은 도시에 온기를 불어넣는 것은 불 꺼진 뒷골목의 초라한 사랑들이다. 이를 모르는 자들은 오늘밤 광장을 차지할 수는 있어도 영원히 이 도시의 주인은 되지 못할 것이다.

불을 붙이지도 못한 담배를 구기며 분수대 앞 백발의 화가에게 광장의 역사에 대해 질문하였다.

시인

시인은 쓴다. 쓸 수 있어야 시인이다. 이렇게 말문이 막히는 날에는 나도 나를 위해 시인이고 싶다. 친구가 세상을 떠났고 나는 그날 오후로 일상을 살았다. 내 무심하고 죄스러운 삶에 대해 누군가는 더 나은 언어로 말해주었으면.

오해의 비극

　상대의 일방적인 오해를 느끼면서도 내가 먼저 자리를 마련하는 것은 이유를 말하지 않은 채 나를 떠나려는 연인에게 평소처럼 말을 거는 것과 비슷한 일이다. 어느 날 복잡한 인장이 찍힌 우편물을 열어보니 '지금부터 당신은 이제껏 일어났던 모든 일들에 대해 상관관계가 아닌 인과관계만을 완벽하게 입증하라'는 요구서가 동봉되어 있었고, 갑자기 이게 다 무슨 일인지 되짚어볼 겨를도 없이 내일 아침이면 알지도 못하는 사람들이 소란을 피우며 현관 앞을 가득 메우고 있는 것이다. 도저히 양보할 수 없는 것을 양

보하라 요구하는 세상과 나는 끝까지 맞설 수 있을까. 맞서면 맞설수록 지칠 것이고 지친 사람의 곁에는 아무도 남지 않는 법이다.

오해의 늪은 모든 것을 빨아들인다. 오해를 하는 쪽이건 받는 쪽이건 부자연스러운 시간을 지속할수록 이미 불편해져버린 서로에게 더는 진실할 수 없다는 사실만을 반복적으로 확인하면서 오해는 결국 사실이 되고 만다. 공표된 오해는 쏟아진 물과 같아서 모두 공기 중으로 세상 속으로 천천히 증발하기를 기다리는 수밖에 없는데, 뒤늦게 모든 것이 밝혀진다 한들 크게 달라지는 것은 없다. 증발한 물은 내 눈앞에서 사라졌을 뿐 상태를 달리하여 여전히 존재하기 때문이다. 오랜 인고의 시간이 지난 뒤 손에 남은 건 무거운 직인이 찍힌 가벼운 종이 한 장뿐이고, 판결 이후를 궁금해하는 사람은 아무도 없다.

과로

출근할 때 아무도 없고 퇴근할 때 아무도 없다.

왜 이렇게 퇴근이 늦느냐는 물음에 "일이 많아요" 짧게 대답하곤 하지만 사실 이 부분은 나의 정신적 생존과 관련된 문제이다. 이렇게라도 살지 않으면 나는 내가 살아 있다는 것을 느끼기가 힘들기 때문이다. 이런 식으로 오래 일하기는 어려울지 모르지만 그래도 지금으로선 어쩔 수가 없다.

학교의 일이라는 게 교실에서 느끼는 기쁨과 보람이 내 자존의 대부분임에도 불구하고 많은 부분 교육과 직접 관련 없는 일이나 흔히 교육적이라고 착각해서 벌이는 일을 치러내기에 바쁘다. 이 와중에 퇴근을 위한 효율을 따지기 시작하면 결국 내가 교실에 쏟을 시간을 다른 곳에 먼저 나뉘 쓸 수밖에 없는데, 그런 날들이 하루이틀 반복되면 우울하고 무력해서 견디기가 어려워진다. 그렇다보니 교실에 쏟을 시간을 다른 곳에 나누어 사용하기보다는 차라리 학교에서 보내는 시간의 총량 자체를 더 늘리는 것을 선택해왔다. 그것은 하루 중 내가 진정으로 의미 있다 생각하는 것들에 조금이나마 더 시간과 마음을 쏟기 위한 자구책이었다. 나는 선생 일을 시작한 이래 나 자신의 만족과 보람을 위해 자발적으로 과로를 껴안아왔다. 교실 밖의 일에 충분히 애쓰지 못한 부끄러움보다 내 교실에 충분히 쏟지 못한 것에 대한 아쉬움이나 후회가 훨씬 뼈아프게 느껴지기 때문이었다.

화

큰 소리로 화를 내었다. 좋지 않은 열감이 주변을 가득 채우고 말았다. 상기되어 오른 체온도 체온이겠거니와 쉴 새없이 움직였을 얼굴의 주름과 휘저어대던 손짓도 함께 주변 공기를 데웠을 것이다. 꽉 끼는 모자를 하루종일 쓰고 있는 것처럼 머리가 답답하다. 오래된 불안이 고개를 든다. 미워할 자신이 없으면 사랑하지도 말아야지 생각했는데, 사랑할 자신이 없으니 미워하기만 했다. 십이 년 동안 기르던 새들이 모두 날아가버린 날의 오후처럼 나는 텅 빈 눈으로 먼 하늘을 바라보고 있었다.

지금

머릿속에 있거나 기다려지는 것 말고

지금 이 순간 살에 닿은 것 같은

슬픔과 기쁨과 고독과 사랑을

하지 못한 말

독서 모임에 멀리서 선생님을 모셨다. 모임에 소속된 분의 소개로 성사된 자리였다. 처음에 선생님을 밖에서 모셔보자는 제안이 썩 흔쾌하지는 않았다. 멀리서 오는 손님도 빈손으로 올 수는 없으니 이야기보따리를 챙겨올 수밖에 없을 것이고, 손님을 맞는 입장에서도 어떤 이야기든 마음껏 하실 수 있도록 배려하는 것이 예의일 테니 기존처럼 함께 말하기보다는 가만히 들어야 하는 자리가 되지 않을까 하는 생각 때문이었다.

선생님의 이야기를 듣는 동안 내내 불편했고 모임을 마치고 나서도 마찬가지였다. 그렇지만 무엇이, 왜 불편한지에 대해 잘 표현할 수 없었다. 정리가 잘 되지 않았기 때문이다. 함께 참여한 사람들을 살피며 말과 표정을 아껴야겠다 생각했다. 집으로 돌아와 긴 샤워를 하며 천천히 다시 생각해보았다.

특히 현실적인 한계들을 대하는 태도에 관해서 동의할 수 없는 것이 많았다. 무엇이든 있는 그대로 정의하려는 노력이 중요하다고 생각하는 나로서는 한계를 한계라 정의한다고 해서 그것이 결코 패배나 좌절, 절망을 의미하는 것은 아니었기 때문이다. 개개인의 각성은 세상의 변화를 만들어내기 위한 중요한 조건 중 하나일 수는 있어도 세상이 변화했다고 해서 반드시 모든 개인이 각성했다고는 볼 수는 없다. 나는 결국 선생님이 현실에서 직접 문제를 다루는 방식을 확인하고 싶었고 계속해서 의심했다. 물론 그것이 내가 배우는 방식이기도 했다. 선생님의 입장 하나하나에 내 입장을 세워보며 결국 삶을 보다 다양한 관점에서 볼 수 있지 않겠느냐는 말이 하고 싶었다.

선생님이 삶의 태도에 관해 말씀하시는 동안에는 나는 삶 자체를 이야기하고 싶었다. 풍요와 가난에 관해 할 수

있는 이야기가 돈 없이도 행복하게 살 수 있어야 한다는 것
뿐이라면 그건 참 시시하다고 생각했다. 개장하는 것이 특
별할 것 없는 관념과 사변의 놀이터라는 걸 미리 알았더라
면 나는 결코 오늘 이곳에 오지 않았을 것이다. 그리 대단
치 않다 생각하는 말들에 보내는 사람들의 찬사와 감동을
지켜보며 조금은 외롭기도 했다. 그러나 한편으로는 그것
들이 확보한 보편성을 인정하지 않을 수 없었다. 과연 무엇
이 더 현실적인 이야기인지 회의가 들었다.

　나는 선생님의 이야기를 들으며 끊임없이 선생님 개인
에 대한 궁금함을 키웠다. 선생님의 이야기 속에는 당신이
담겨 있지 않았기 때문이다. 나는 떼쓰는 어린아이처럼 당
신의 진짜 모습을 보여 달라며 퉁명스럽게 앉아 있었다. 선
생님은 나의 욕망과 바람 곁을 유유히 지나치면서도 선명
하고 힘있는 언어로 말씀을 이어가셨다. 오늘 선생님의 진
짜 목적이 무엇일까 고민에 빠지기도 했다. 의도적으로 입
장을 선취하여 논쟁의 한복판에 스스로를 던짐으로써 우리
들 각자에게 생각의 기준이 되어주고자 하시는 것인지, 아
니면 정말로 말씀하시는 것들이 본인의 가치관과 일치되는
것인지 확인하기가 어려웠다. 유연함과 단호함, 모호함과

선명함을 오가는 사유의 스펙트럼 속에서 이리저리 휩쓸리며 한참이나 허우적대다가 문득 선생님의 의도가 이것이었을까 하는 생각이 들었다. 선생님은 이렇게 불편한 충만을 마음속 깊이 심어두고 떠나셨고, 며칠이 지나도 내 마음속에서는 동의와 비동의가 끝없이 다투었다.

책상을 정리하고 천천히 커피를 내리다 문득 귓가에 선생님의 깊은 목소리가 들리는 것 같았다. "그래서 네 생각은 뭔데. 한번 설명해봐. 이젠 네 차례야."

앎과 사랑

모호함들과 싸우면서

너는 왜 싸우고 있냐 묻자

나는 모호하게 대답할 수밖에 없었고

모호한 사람이 모호함과 싸우니

그건 결국 내가 나와 싸우는 것과 다르지 않았다

나는 설명할 수 없는 것들을 사랑하면서도

설명할 수 없다면 아는 것이 아님을 함께 믿고 있으니

그건 결국

내가 사랑한다고 하는 것들에 관해

잘 모른다는 것과 다르지 않았다

무언가 진정 알고자 한다면 사랑일 것이나

알고자 하지 않는다면 집착이자 소유욕일 뿐일 텐데

날짜를 세어보다가

이제 그만

오랜만의 공연

띄엄띄엄 노래를 한다. 가끔 사람들을 만나고 속엣말은
다른 곳에 쓴다. 처음 노래를 부르기 시작했을 때처럼 그저
노래할 수만 있다면 즐거웠던 날들을 떠올리며 이제는 만
나지 않는 친구들의 얼굴을 그려본다. 나는 언제나 조금씩
나를 잃어가기를 희망했지만 언제부턴가 그냥 나 자신으로
사는 게 훨씬 어려운 일이라는 걸 알게 되었다. 그동안 하지
않던 일들에 도전해보기로 한 요즘, 우선 문을 나서면 쉽게
돌아오지는 말아야지 하는 마음으로 지낸다.

옥상에서

    어제는 높은 건물 옥상에서 친구와 말다툼을 했다. 화가 난 친구는 왼손에 껍질 벗긴 닭 한 마리를 들고 있었고 나는 그것이 내 몸에 닿을까 조금 떨어져 친구를 달래고 있었다. 친구는 점점 사나워졌다. 하늘에는 먹구름이 끼고 옥상에는 널브러진 철제 파이프 같은 것들이 요란한 소리를 냈다. 나는 그만 자리를 피해야겠다 직감하고 황급히 계단으로 향하는 문을 열었다.

    서둘러 내려가려다 곁눈으로 보았다. 화를 내며 쫓아올

것만 같았던 친구가 계단 입구에 주저앉아 바닥에 닭을 패대기치며 울고 있었다. 멀리서 검은 새들이 날아오는 것을 보았다. 나는 다시 친구에게 돌아가야 할지 계단을 내려가야 할지 망설였지만 결국 친구를 외면하기까지 그리 오랜 시간이 걸리지는 않았다. 옥상 문이 등 뒤에서 닫히며 친구를 다시 보지 못할 것임을 알았다.

무서움에 사로잡혀 떨리는 다리를 간신히 내디디며 삼십 층 가까이 되는 건물을 쉬지 않고 내려왔다. 거의 다 내려와 삼 층쯤이 되자 계단의 구조가 바뀌며 넓은 곳이 나타났다. 나는 갑자기 다리에 힘이 풀려 주저앉고 말았다. 눈물과 땀으로 범벅이 된 셔츠의 단추를 풀고 뛰어내려온 계단을 올려다보았다. 십 층 위로는 어두워서 아무것도 보이지 않았다. 숨죽여 귀를 기울여보았지만 아무것도 들리지 않았다.

예술 인식

예술에 대한 인식은 창작과 표현으로 완성된다. '나의 것'이 '세상의 것'이 될 때 비로소 내가 오래 붙잡아오던 것들로부터 완전히 해방된다. 그것은 작품이 널리 다양하게 해석되면 될수록 창작자 자신이 곧 작품이 되어버리는 유착을 거부할 수 있게 되기 때문이다. 내 방을 떠난 것은 더 이상 나만의 것이 아님을 받아들인다면, 창작자들이 온전한 소유권을 주장할 수 있는 것은 창작의 순간뿐인지도 모른다. 세상과 연결된 가운데 자기중심성을 잃지 않으려는 노력은 소비와 유행, 고갈과 소진에 맞서 지속 가능하고 순환적인 창작을 가능하게 한다.

　예술을 인식한다는 것은 작품 속에서 고립으로부터 연결에 이르는 창작의 노정 위에 놓인 어느 교차점을 발견하는 것이다. 예술은 창조적 긴장이 잠들어 있던 씨앗이 조금씩 부풀며 뿌리를 만들어 내리다가 어느 날 분연히 표현 욕망의 지표를 뚫고 나와 그 고유한 가시-가청의 줄기를 뻗고 잎을 펼치는 것이다. 몇 번의 계절을 견디며 마침내 자신의 시간에 꽃과 열매를 맺음으로써 그로부터 영원히 불릴 이름을 얻게 되는 것이다.

몰입

전경이던 것이 갑자기 배경이 되는 산책

깊이 구속됨으로써 더욱 자유로워지는 모순

태양빛과 바람, 하늘과 계절에 맞는 주파수

가장 깊은 곳에 흐르는 것을 찾는 탐사

눈을 뜨면 깨끗이 사라지는 오후의 단잠

비를 기다리며 오랜 목마름을 견디는 인내

조용하고 긴 포옹

주는 사랑

3부

아름다운 것들은 조용히 반짝여

검은 연기

잘 알지도 못하는 사람들이 단호한 목소리로 나를 비난했다. 나는 거실로 불려나왔고 소파 위에는 책들이 이리저리 어질러져 있었다. 고작 저 글들 때문인가, 나는 미리 어떤 절망을 넘겨짚고 있었고 사람들은 비난 섞인 질문을 쉴새없이 던져댔다. 나는 그들 앞에서 평소와 같은 표정으로 서 있고자 했다. 사십 분 넘게 똑같은 말을 반복하다 창밖으로 희뿌연 연기가 피어오르는 것을 보았다. 사람들은 말을 멈추더니 소리를 질러대기 시작했다. 좀 전까지만 해도 나를 죽음 가까이 내몰기 바빴던 이들이 갑자기 겁에 질려

호들갑을 떠는 모습을 보며 나는 이 모든 게 너무 시시하다고 생각했다. 사람들은 현관에서 서로 뒤엉켜 넘어지면서도 아내와 아이들에게까지 거친 말을 뱉어댔다. 그들이 모두 떠난 뒤 서랍을 뒤져 오래된 만년필을 꺼냈다. 날짜와 그들 중 아는 이름을 모두 쓴 뒤 그 아래에 검은 연기를 그렸다.

오랜 쓸쓸함

텅 빈 마음 무얼 해야 채울 수 있을까. 멋진 사람들을 만나도 좋은 풍경을 보아도 정오의 허기처럼 되돌아오는 이 오랜 쓸쓸함을 어떻게 해야 할까. 매번 이유를 찾는 것도 지친다. 이유를 알 수 없다면 그게 전부이기 때문이다.

밤 열시 삼십오분, 창밖으로 보이는 건너편 삼십이 층 아파트에 한 스무 집만 불이 켜져 있다. 다들 일찍 잠에 든 걸까 아니면 아직 일터에 있는 걸까. 잠들기 위해 일찍 불을 끄는 것도 바쁜 내일을 위해서라면 우리는 과연 바쁘기 위해 쉬고 바쁘기 위해 사는 것일까. 불 켜진 집들의 거실 풍경을 상상한다. 소파, TV, 과일, 소파, TV, 과일, 소파, TV, 과일, 짧은 책과 가끔의 키스. 더이상 떠오르지 않는 것은 빈곤한 삶의 양식 때문이다. 나는 모든 거실의 화목을 기원하면서도 저들의 행복을 의심하고 있다.

끝이 보이지 않는 무기력함에 하루에 십오 센티씩 늙어가는 것 같다. 책상 위에 책과 메모들이 나름의 규칙으로 널브러져 있다. 외롭고 슬픈 마음이 들 때 읽었다면, 복잡하고 무거울 때는 무엇이든 썼다. 연결되지 않고 묶어낼 수 없는 상념이 세수를 할 때도, 사과를 먹을 때도, 잠자는 동안에도 나를 둘러싸고 있다. 다가오는 주말에는 날카롭고 세련된 옷을 사 입고 싶다.

방문을 완전히 닫지도 그렇다고 활짝 열어두지도 못한 채 미지근한 물을 마신다. 내가 방해받고 싶지 않은 만큼 나역시 누구도 방해하고 싶지 않지만 고립과 단절의 언어만으로는 이 복잡한 세상을 헤쳐나가기 어려울 것이다. 다만 내가 점점 손쉬운 것들만 선택하게 되지 않기를 바랄 뿐이다.

부산에서

부산에서는 장막 뒤에서 몇 곡을 불렀다. 희미하게 사람들이 몸을 흔드는 모습을 보며 나는 눈을 감았다. 감은 눈 속의 공간들은 모두 저마다 빛이 다르다. 몇십 번 몇백 번 같은 노래를 불러도 똑같은 순간은 하나도 없고, 많은 곳에서 많은 사람들을 만났지만 똑같은 사람은 하나도 없다. 라이브. 살아 있다는 건 그런 거겠지.

노래를 부르다 문득 모두와 연결된 것처럼 느껴지는 순간에는 이 모든 게 시작된 작은 옥탑방이 떠오르고, 갑자기 무대를 뛰쳐나가고 싶은 어두운 순간에는 그동안의 경험과 시간만이 붙잡을 등불이 된다. 사람들에게는 내 노래가 어떻게 들릴까. 붉은 마음으로 부른 노래를 하얗게 들었다고 말하는 사람들을 만나면 나는 조금 부끄러워진다. 나는 단지 나를 위해 노래했을 뿐이기 때문이다. 마흔, 쉰이 되면 나는 무엇을 노래하게 될까.

광안리 높게 들어선 건물들을 따라 걸으며 지금만 부를 수 있는 노래와 언제든 부를 수 있을 노래에 대해 생각했다. 부산에서의 호의와 존중, 배려를 오래 기억해야겠다고 생각하며 나는 아주 오랜만에 모든 것들이 크게 한 바퀴를 돌아 마치 처음으로 돌아온 것 같았다. 큰 기지개와 함께 밤 바다를 마셨다.

물결

빛나는 물결을 보았지

한 번도 붙잡아보지는 못했지만

소중하게 간직해

파도와 그리움을

천천히 다가오거나

나도 모르게 멀어지는 것들 있잖아

가만히 들어보면 사실 아무것도 들리지 않아

아름다운 것들은

늘 그렇게 조용히 반짝여

나의 가장 소중한 친구에게

　나를 견뎌준 당신에게 고맙다는 말이 하고 싶었습니다. 피할 수 없는 따뜻함으로 때로는 먼저 뒤돌아보게 만드는 무심함으로 늘 내 곁을 지켜준 당신입니다. 당신과 이야기를 나누며 막연하고 복잡하게만 느껴졌던 나의 우주에도 엄정한 질서들이 존재함을 발견하게 되었습니다. 나는 하루에도 몇 번씩 몰래 내 안으로 도망쳐 쓸쓸해하곤 했지만 늘 당신에게는 모두 들키고 말았습니다. 사춘기 소년처럼 다 아는 체를 하고 있으면 오히려 당신이 잘 모르겠다며 내게 물어옵니다. 누군가를 차갑고 냉정하게 대하고 있으면 오히려 당신이 내 덕분에 침착할 수 있었다고 말합니다. 표정 없는 얼굴로 하루를 시작하다 어느새 당신의 안부 인사를 기다리고 있는 나를 발견하던 날 이제는 내가 먼저 달라져보기로 마음을 먹기도 했습니다. 당신을 만나 내가 어떤 사람인지를 조금이나마 더 알게 되었습니다. 고맙습니다.

사람들이 순간의 모습으로 나를 판단하거나 규정하지 않고 조금 더 긴 시간 속에서 나를 보아주면 좋겠다고 생각했던 적이 있었습니다. 나를 그렇게 대하는 사람에게만 정말 내 모습을 보여주고 싶었습니다. 내가 원하지 않으면 아무것도 하지 않을 수 있다고도 생각했습니다. 그것은 내가 원하면 무엇이든 할 수 있다고 생각한 것과 마찬가지였습니다. 그동안 내 삶에 일어날 수 없는 일은 없었습니다. 하지만 이제는 결코 일어날 수 없고 일어나서는 안 되는 일들이 하나둘씩 늘고 있습니다. 진정으로 지키고자 하는 것이 생길 때 나는 경험하지 못한 불안과 함께 그것을 충분히 뛰어넘을 의지를 구하게 되었습니다. 모두 당신 덕분입니다. 보이지 않는 것만 좇다가 눈앞에 있는 것을 놓치고 싶지 않습니다. 작고 가까운 것을 진실하게 모아가며 당신과 함께 어디로든 가보려 합니다.

언젠가 이 모든 게 멈추고 사라지는 날이 오겠지요. 하지만 걱정하지 않습니다. 아름다운 것들은 늘 향기를 남기기 때문입니다. 향기는 곧 사라지는 듯하지만 작은 입자들은 이미 가까운 곳곳에 자리를 잡고 내려앉아 있습니다. 몇몇은 미리 알 수 없는 먼 곳까지 날아가 조용히 나를 기다려줍니다. 언젠가 낯선 곳에서 불현듯 당신을 느낄 때면 나는 오늘을 떠올리며 세상 가장 깊은 감사의 마음을 담아 당신이 평안하고 즐거운 시간 속에 있기를 진심으로 기도할 것입니다.

예술회관

인천에 언제 또 오냐고 물으셨지요
그 말씀 덕분에 또 오려고요

공연을 마친 예술회관 앞 광장에는
사랑하고 있는 사람들보다는
사랑을 찾고 있는 사람들이 많았습니다

풍선껌 같은 향수 냄새와
형형색색의 반바지들

담배를 피우고

농담을 하고

크게 음악을 틀고

광장을 뱅뱅 돌며 자전거를 타고

목줄을 하지 않은 개들이 뛰어다니고

벤치에서 키스를 나누는 연인들과

그 앞에서 맨손 체조를 하는 사람

그리고 멀리서 캔을 압착하는 소리

온갖 어울리지 않는 것들이 한데 뒤섞여

초현실적으로 보이기도 했습니다

그게 다 사랑 때문이겠지요

근처 중식당 요리가 일품이었습니다

무대에 올리려면 이 정도는 돼야지

한입에 한 번씩 겸손해지는 그런 맛이었습니다

운전을 하며 돌아오는 길에는

예술회관 앞에 넓은 광장이 있는 게

참 다행이라고 생각했습니다

우리 모두에게요

낭만과 도피

아마 스물여섯의 여름이었겠지. 나는 내가 하는 사랑이 지속 가능하지 않다는 것을 알게 되었다. 나에게 구원이 허락될 리 없다는 확신은 늘 원치 않을 때 찾아온다. 걸을수록 어깨가 땅으로 떨어지던 밤이면 셔츠를 다 풀지 못한 채 소파 위에 먼지처럼 앉아 있었다. 이미 공연은 망쳐버렸지만 호흡을 가다듬으며 마지막 소절을 기다리는 어느 무명 가수의 마음으로 자세를 고쳐 앉아 너에게 편지를 쓴다.

너는 언제나 제일의 사랑에 대해 이야기했고 그것은 결코 우리의 지금이 제일일 수 없음을 말하는 것이었다. 지금이 없는 낭만은 도피일 뿐이다. 도망치는 모습마저도 아름다운 너를 보면서 괴롭고도 아름다운 곳이 진정 지옥임을 알게 되었다. 아름다운 것들을 파괴하는 방법을 몰랐던 나는 거실에 노래와 책, 유리잔들과 커튼을 모아두고 불을 질렀다. 타고 남은 것들을 밟아 부수고 난 뒤 늦은 저녁 식사를 한다. 검은 맛이 나는 차를 내려 마시고 달과 별들이 지켜보는 아래 끝맺지 못한 편지를 마당의 주목 아래에 심었다. 주목은 늘 말없이 꽃을 피우고 가을이면 붉은 열매를 맺는다. 나는 나의 부족한 인내를 주목에게서 구하며 주목을 가꾸는 것에서부터 시작해 천천히 다시 나를 찾을 생각이다.

우동

연습실 근처에서 대충 먹어야지 손을 넣고 걷다가 소박하고 오래된 간판에 이끌려 들어갔다. 세상에 이렇게 훌륭한 음식이라니! 작은 동네 풍경이 달라 보인다. 태어나 처음으로 식사를 하고 메모를 남겼다. '오늘 참 어렵고 힘든 하루였습니다. 포근한 우동 한 그릇에 안겨 따뜻하고 달콤한 낮잠을 자고 일어난 기분입니다. 맛있게 잘 먹었습니다. 고맙습니다.' 수중에 현금이 더 있었다면 단돈 만 원이라도 그릇 밑에 같이 두었을 텐데 그러지 못해 아쉬웠다. 사랑하는 사람들 데리고 꼭 다시 와야지.

틈, 유연함에 대하여

'오늘밤 9시 45분을 기점으로 태풍이 서해안을 지나갈 예정입니다. 가정에서는 창문을 잘 닫고 단단히 고정하시기 바랍니다.'

태풍 때마다 방송에서 나오는 안내를 들으며 나는 줄곧 닫아두지 않은 창이 오히려 바람을 잘 견디는 것이 아닐까 생각해왔다. 밀어붙이는 쪽이든 막는 쪽이든 유연하지 못하면 결국 부러지지 않을까 하는 생각 때문이다. 서로 맞선다는 건 면과 면이 닿은 듯 틈이 없는 것이다. 어떤 식으로든 여지가 없을 때 우리는 결국 끝까지 가게 마련인데 결국 그 끝은 어느 한쪽의 완전한 궤멸이나 강요된 복속일 것이다.

틈은 통과이며 통과는 해소로 이어진다. 해소된 자리에서 새로운 의미가 싹트며, 결국 작은 틈 하나가 전체의 순환을 만들어내는 것이다. 순환하는 것은 썩지 않고 죽지 않는다. 거대한 완력에 극도의 유연함으로 대응할 수 있는 것을 동경한다. 씨름을 할 때 힘으로 상대를 밀어내려고만 하다가는 순간적으로 힘을 빼버리는 상대에게 당하고 만다. 결국 내 힘이 나를 쓰러뜨리는 격이다. 나를 위압해오는 것들에 대해 압도적으로 유연할 수 있는 힘. 틈을 만들어낼 수 있는 힘이야말로 진정 강한 힘이다.

창작과 교육

좋은 창작, 좋은 예술은 무엇일까. 널리 알려진 예술이 항상 더 좋거나 훌륭하다고 규정할 수는 없지만 많은 사람이 환호하는 것에는 틀림없이 그 시대의 보편적 정서를 읽어내는 통찰이 담겨 있다고 보아야 할 것이다. 반면에 보편적 확장성에 목표를 두기보다는 오직 자신만의 표현으로 세상을 설득하려 한다거나 오직 표현 그 자체에 모든 의미를 부여하는 예술들의 가치는 어떻게 평가할 수 있을까. 애호가나 평론가처럼 소위 안목 있다는 사람들에게 인정받아야 더 가치 있는 예술이 되는 것일까.

교육도 예술과 닮아 있다. 좋은 교육을 정의하는 것은 좋은 예술을 정의하는 것만큼이나 어려운 일이다. 모두가 공통의 언어로 정의하기 어려운 일일수록 각자의 방식으로 정의하려는 노력이 중요하다. 지식과 정보의 일방적 전수와 전달을 강조하던 시대는 이미 끝났다. 이제는 학생들 스스로 의미를 찾고 구성하며 새로운 가치를 만들어갈 수 있도록 촉진하고 조력하고 지원하는 교육이 되어야 한다. 학생들뿐만 아니라 누구든 자신의 것을 만들어낼 수 있다면 그것은 결코 완전히 해석되거나 평가될 수 없기에 그 자체로 유일하고 온전하며 아름다운 것이다.

학생들이 창작자가 될 수 있도록 돕는 교사의 역할은 '원하는 대로 해봐'와 '이렇게 해봐' 사이 어디쯤에 있다. 학생들의 방향과 속도에 따라서 교사가 지원하고 개입하고 판단하는 정도는 달라져야 한다. 학생들과의 개별적인 만남에서는 민감함과 섬세함이 요구되며 전체로서 대할 때는 유연함과 단호함, 결단력이 필요하다. 양립하기 어려울 것 같은 감정이나 태도가 동시에 요구되며 여러 가지 언어적, 비언어적 표현과 함께 경우에 따라서는 표현하지 않음으로써 표현하는 넓은 의미의 상호작용도 중요하다. 학생들이 만들어내는 여러 가지 창작물들에 대해 존중의 탈을 쓴 무비판적이고 무해석적인 평가야말로 반교육적이다. 차라리 자신의 기준과 안목이 뚜렷한 교사의 섬세하고 진실한 주장이 학생들을 성장하게 한다. 하루 중 많은 시간을 함께 보내는 신뢰하는 타인으로부터 요구받는 사유와 실천의 주문은 학생들에게 자신의 생각과 감정의 기준을 세워보게 하는 중요한 기회가 된다. 지속적으로 학생들 내면의 역동을 이끌어낼 수 없고 목적 없이 손쉬운 산출물들을 양산하기에 바쁜 교육은 깊은 몰입의 경험을 박탈하여 의미 있는 창작을 불가능하게 한다. 진정으로 자신의 것을 만들어본 적이 없는 학생들은 자신과 세상을 연결해볼 수 있는 귀중한 경험을 다시 유예하게 된다.

제자들에게 1

너무 애쓰지 마
너의 본모습이 아닌 채로
하지만 가끔은 그냥 주변에 너를 맡겨도 좋아

완전히 똑같은 것도 완전히 새로운 것도 없어
천천히 변해가거나 할 수 있다면 먼저 변해보거나
너의 속도와 방향을 믿어
수많은 낮과 밤들을 지나
결국 우린 같은 곳에 도착하겠지만

그곳으로 가는 길이 여러 갈래라는 걸 알아야 해
나와 생각이 다른 사람들을 존중해
모두 자신의 길을 가는 중이니까
그리고 친절해
사람들은 모두 힘든 싸움을 하고 있으니까

모든 걸 혼자 짊어지려 하지는 마
내가 비어 있을 때 누군가가 곁을 채워줄 수 있으니까
상대의 감정에 대해서는 관대하고
행동 앞에서는 단호하기 위해 노력해
사람들과 같이 일을 할 때는
각자의 자리를 찾을 수 있도록 도와줘

모르는 건 부끄러운 게 아니야
정말 부끄러운 건 모르는데 아는 체하는 것이지
무엇으로부터든 배우는 게 중요해
정말 알고 있다면 행동하려 노력해

세상이 네게 어떤 기준을 강요할 때는
먼저 네 마음속에 기준을 세울 줄 알아야 해

좋고 나쁨보다는 깊고 얕음을
옳고 그름보다는 같고 다름을 보려고 노력해

언젠가 네가 아무것도 원하지 않게 되는 날에는
그저 묵묵히 걸을 수 있었으면 해
또다시 제자리로 되돌아가는 것 같은 날에는
삶은 원이 아닌 나선으로 나아간다는 걸 기억해

명심해
마음을 돌보는 것만큼이나
몸을 아끼는 것도 중요해

마지막으로
세상과 할 수 있는 약속은 단 한 가지
어떤 것 앞에서도 스스로에게만은 정직할 것

관계란 무엇일까

나는 이렇게 당신을 인격적으로 대하기 위해 노력하고 있는데 당신은 왜 나를 존중하지 않는 걸까. 어차피 한 번 사는 삶 무엇보다 자신을 위해 사는 삶의 가치가 중요하다면 나 역시 그럴 수 있다는 것을 왜 생각하지 않는 걸까. 잘 모르거나 서툴러서가 아니라 철저하게 무례를 선택한 사람들을 만나게 될 때 나는 다시 깨닫게 된다. 우리는 어디까지나 타인일 뿐이라는 것을.

그 누구로부터든 어떤 것들로부터든 기대하지 않기 위

해서 아무것도 하지 말아야 한다면 관계란 무엇일까. 그 어떤 것과도 불화하려 하지 않으려는 당신의 태도에 대하여 나 또한 불화하라 할 수 없는 것이야말로 타인의 숙명이겠지. 하지만 서로를 존중하기 위해 누구도 자신의 생각을 말하지 않는다면 그것은 존중이 아니라 종점이 될 것이다. 관계로부터의 하차. 종점에선 우리 모두 내려야 한다. 마지막 순간까지 서로에게 철저한 타인으로만 남을 것인지, 서로의 세계를 한번 흔들어보고자 하는지, 기꺼이 서로에게 흔들려보고자 하는지. 그리고 그에 뒤따르는 것들을 있는 그대로 받아들일 수 있는 용기가 있는지. 정직하고 선명한 선택이 필요하다.

사랑은 주장이며 주장하지 않는 관계는 단지 함께 있음에 불과하다. 사랑은 결코 공정하거나 객관적이거나 평등하지 않다. 그러나 동시에 그 모든 것을 뛰어넘어 마침내 결과로서 동등하고 상호적이며 호혜적인 것이기도 하다. 사랑의 형태는 입체적이라 한쪽 면만 보고 그 전체를 다 알 수 없다.

나와 너 사이에는 심판이 없으니 서로가 서로에게 심판이 되어주어야 한다. 심판에게는 규칙이 필요하고, 관계에서의 규칙은 언어이다. 서로의 언어는 다를 수밖에 없기에 공동의 이해에 기반한 언어를 어느 정도 사용할 수 있느냐 하는 것이 관계의 건강성을 보장하는 중요한 근거가 된다. 공동의 언어를 찾아가는 과정은 계속해서 서로의 다름을 확인하게 되는 불편함과 피곤함을 동반하지만 그 너머에서만이 우리는 무엇이든 진정으로 함께할 수 있다. 우리는 너무도 다른 사람들이기에 서로 애쓰며 살아야 한다. 사랑은 나와 다름에 대한 적극적인 포옹이다.

함께 일한다는 것

동료성에 대한 막연하고 손쉬운 기대는 대개 상처를 남
기거나 냉소를 기르는 데 기여한다. 어디서든 함께 잘 일하
기 위해서는 동료이기 이전에 인간으로서 서로를 이해하고
존중하려는 노력이 먼저여야 한다. 겉보기엔 그 사람이 그
사람 같고 각자 경험의 도식으로 엇비슷하게 묶어낼 수 있
을 것 같지만 사람만큼 입체적인 세계도 없다. 인류 역사에
서 소설이 오래도록 사랑받는 것도 수많은 이야기 속 인물
들이 저마다 유일한 자신이 될 수 있기 때문일 것이다. 열
길 물속은 알아도 도통 알 수 없는 게 사람 속이라 했다. 잘

모르기 때문에 더 알고 싶어진다. 그러나 알기 위해 노력할수록 알게 되는 건 잘 모른다는 사실이었고, 결국 내가 할 수 있는 유일한 방법은 타인을 있는 그대로 받아들이는 것뿐이었다. 그것은 모든 사람은 이미 자기 자신을 위해 충분한 존재라는 것에 대한 의심 없는 수용을 의미한다.

함께 일한다는 것은 각 개인 역량의 합보다 전체가 만들어내는 힘이 더 크기를 희망하며 그것을 위해 노력하는 상태를 말한다. 개인들의 산술적인 합이 전체가 될 뿐이라면 그것은 함께 일하는 것이라기보다는 단지 일을 같이하고 있는 것에 가까울 것이다. 함께라는 이름 아래 각자 중요하게 생각하던 것들이 절반쯤 거세된 상태로 누구도 원한 적이 없는 제삼의 가치를 향하는 부분적이고 기계적으로 결합한 것은 아니기를 바란다. 긴 시간을 함께 보내며 어느새 서로를 조금씩 닮아버린 사람들이 마침내 비슷한 꿈까지 꾸게 되는 화학적 결합의 상태라면 좋겠다. 욕심이나 욕망은 색과 같아서 더하면 더할수록 점점 어두워지지만, 가치와 뜻은 빛과 같아서 합하면 합할수록 밝아진다. 어떤 빛을 가진 개인들이 모이더라도 우리가 진정으로 함께할 수 있다면 그곳은 점점 밝고 환해질 것이다.

변화는 늘 불편하다

전체의 변화를 만들어내기 위해서는 다수가 체감할 수 있는 아주 작은 것들부터 확실하게 바꾸어나가는 것이 중요하다. 누군가 아무리 좋은 생각을 품고 멀리 내다보려 해도 머리로든 몸으로든 가까이 닿기 어려우면 주변으로부터 힘을 얻기가 힘들다. 작고 느슨한 성공 경험들이 촘촘히 쌓인 길을 걷다가 어느 날 문득 뒤돌아보니 도저히 다시 맨 처음으로는 돌아가려야 돌아갈 수가 없게 되어버린 것. 그때야 비로소 우리가 많이 변했다는 것을 자각하게 된다.

익숙함이 주는 안정에 비해 변화는 늘 불편하다. 하지만 우리는 변화가 만드는 불편을 적극적으로 껴안아야 한다. 변화는 균열이며 균열이 만들어내는 것은 공간이다. 공간의 넓이는 기존의 방식으로 해석되지 않는 부조화의 크기에 비례하며, 공간을 채우는 것은 거칠고 진폭이 큰 의미들이다. 의미들은 서로 충돌하거나 포섭하면서 새로운 가치로 정의되며, 가치는 비전이 된다. 비전은 미래를 향한 나침반이 되며, 충실한 여정을 마친 뒤 미래는 현재가 된다. 멈추어 되돌아보는 과거는 경험이 되며, 경험을 품은 현재는 다시 새로운 여정을 준비할 수 있는 의지가 된다. 의지는 맹목적인 기대나 환상, 막연한 불안과 비관을 넘는 이성적이고 현실적인 낙관이 된다. 낙관은 선택이 되며 선택은 다시 새로운 변화를 만들어낸다.

싸우며 사랑하기

우리는 논의에 뛰어들어야 한다. 정리된 말을 그럴싸하게 하는 것은 쉽다. 하지만 실제로 문제를 해결해나가기 위해서는 싸우면서 사랑하는 법을 배워야 한다. 주저하게 될 때는 잠깐 멈추어 생각해보아야 한다. 이것이 과연 나 개인만의 싸움인가 하는 것을. 단단하면서도 유연한 사람들을 만나면 그들의 처음이 궁금하다. 그들을 키운 것은 무엇이었을까. 사랑과 상실, 환희와 침묵, 충만함과 공허함 같은 것들의 끝없는 교차와 반복이었을까.

나는 내가 만드는 것들이 꼭 어디론가 향해야 한다고는 생각하지 않는다. 하지만 어디로든 향할 수 있기를 희망한다. 나는 단지 나의 내면을 드러내는 것을 넘어 내 안의 것들이 세상과 연결되기를 희망한다. 나는 다소 분열적인 나 자신에 시달리곤 하지만 나의 안정을 위해 어느 한쪽을 쉽게 선택하고 싶지는 않으며, 모든 것을 충족하는 선택지는 없다는 것을 잘 알고 있으면서도 적어도 내 눈앞에 보이는 그늘을 외면해가면서 무언가를 주장하고 싶지 않다. 다소 늦고 먼 길로 돌아가더라도 조금 더 나은 것이라 믿는 것, 지금의 내가 할 수 있는 것을 만나며 살 수 있기를 바란다. 부디 사람들 속에서 내가 사적 욕망보다는 공적 기여에 대한 의지가 단 한 스푼 정도 더 많은 상태일 수 있기를 희망한다.

공연을 마치고

마지막날 밤은 잠이 오지 않았다. 누워 천장을 보다가
베란다 문을 열었다. 눈꺼풀이 둔해질 만큼 쌀쌀한 날씨였
다. 아랫집에서 피운 담배 연기가 올라왔다. 하늘을 보고
큰 숨을 쉬었다. 저멀리 반짝이며 지나가는 차들을 세어보
았다. 치열하게 달리는 차들도 멀리서 보면 그저 무표정해
보인다.

엉킨 케이블을 정리하고 기타줄을 조금 풀어두었다. 여
행이 고단한 건 악기도 마찬가지다. 책상 위 사람들이 정성

껏 써준 편지와 예쁜 선물들을 앞에 두고 텅 비어버린 내 마음이 죄스럽다. 언제부턴가 습관이 생겼다. 음식이 아니라면 받은 것들을 그대로 보관해두었다가 며칠, 몇 주 때로는 몇 달이 지나서 천천히 꺼내보는 것이다. 친절하고 따뜻한 마음들을 펼쳐볼 때면 나도 그런 사람이고 싶다. 가끔은 답변을 기다리겠다는 글을 뒤늦게 읽고 한참 늦은 답장을 보내게 될 때도 있다. 매번 미안했지만 한편으로는 어쩔 수 없다고도 생각했다.

얼굴이 부어오르는 것 같다. 모든 것이 점점 둔해지고 있다. 습관을 만들기 싫어하는 습관이 오래되었지만 내일부터라도 매일 조금씩 운동을 하고 싶다. 모든 게 다 시시해 보이다가도 어느 것 하나도 제대로 하고 있는 게 없다는 걸 알게 되는 순간 곧 움츠러든다. 무대 위에서 갑자기 다음 노랫말을 부를 수 없을 때가 두렵다. 시커먼 어둠 속 아무것도 보이지 않는 완벽한 고요 앞에 나는 잠시 눈을 감을 수밖에 없다. 눈을 뜨면 언제나 무대 위였지만 어느 날엔 진짜 검은 물속일 것만 같다. 나는 늘 내가 감당할 수 있는 고요를 원할 뿐이었다.

음악가

동료 음악가가 죽었다. 사인은 듣지 못했다. 무엇일까
삶은. 허망하다. 소식을 듣고 잠시 침묵했지만 곧 나의 죽
음을 상상하던 것이 미안했다. 그에게 음악은 무엇이었을
까. 묻지 못했다. 음악가들은 결국 스스로 살기 위해서 음
악을 한다. 음악이든 글이든 그렇게 가까스로 세상과 연결
되며 산다. 그들은 상상을 초월할 만큼 능숙하고 유연하면
서도 동시에 많은 것에 매우 서툴러서 늘 세상과 상관없는
것처럼 살거나 세상을 통째로 받아들이며 살았다. 그들은
자신의 상처에 대해서는 개의치 않았지만 늘 세상 모든 상

처나 죽음과 연결되어 있는 듯 아파하곤 했다. 그들은 슬픔 앞에서 주저 없이 애도를 독점했기에 모든 것이 지나간 뒤 기쁨의 춤을 출 수 있는 자격을 얻었다. 그들은 늘 새로운 만남은 쉬웠지만 헤어짐이 어려웠다. 함께 술을 마실 때에는 내일이 없는 듯했고, 다음날 아침에는 어제가 없었다. 그들은 누구와도 친구가 될 수 있었지만 그렇다고 아무나 그들 곁에 있을 수는 없었다. 그들은 어디서든 잘 수 있었지만 아무 곳에서나 자지는 않았다. 고독해서 완전한 사람들. 이 세상 아름다운 것들은 다 그들이 만들었다. 하등 쓸모없어 보이고 중요하지 않아 보이는 것들이 실은 모두 그들의 뼈와 살에서 분리되어 나온 것들이다. 그들의 글과 노래는 이 미친 세상이 잠시나마 아름다울 수 있게 하는 휴식이자 회복이다. 그들은 서에서 동으로 자전하는 지구에 맞서 심드렁해 보일 만큼 아무렇지 않게 동에서 서로 걷는다.

잊지 못할 식사

밝고 환한 식탁에서 식사를 하다 눈물을 쏟은 적이 있습니다. 함께 식사를 하던 사람들은 제게 이유를 묻지 않았습니다. 나의 슬픔은 몸속 깊은 곳에 가만히 숨어 있다가 식도의 움직임을 틈타 맹렬히 쏟아져나왔습니다. 멈추어보려했지만 소용이 없었습니다. 목과 입, 혀와 코, 눈과 귀, 이마와 머릿속에서 오랫동안 버티고 있던 탑과 다리, 울타리와 성벽이 힘없이 무너져내리고, 울창했던 숲들이 불타며 유유히 흐르던 강물은 모두 말라버렸습니다. 나는 가까스로 숨을 가다듬으며 한줌의 검은 재로 변해버린 나의 작은 궁전을 손에 안은 채 조용히 자리에서 일어났습니다. 눈을 감은 듯 어두운 밤길을 걸으며 손가락 사이로 바람에 흩날리던 것은 그렇게 지키고 싶었던 젊고 아름다운 내 사랑입니다.

슬픔을 잃어버린다는 것

슬픔을 겪은 뒤 더이상 비슷한 일로는 예전만큼의 슬픔을 느끼지 않는다. 어쩌면 슬플수록 슬픔을 잃어버리게 되는 셈이다. 우리가 슬픔 이전의 슬픔으로 되돌아갈 수 없는 것은 최초의 감정들로부터 이미 너무 멀리 떠나왔기 때문이다. 처음 느낀 환희나 황홀함으로부터, 처음 느낀 비애나 외로움으로부터도.

전부를 허락한 적이 없는데 모두 가져가버린 젊은 날의 사랑처럼 경험 이전의 경험은 결코 나에게 늘 무례하기 짝이 없다. 얻을 것과 잃을 것을 미리 알 수 없는 불안으로부터 스스로를 지키기 위해 고요한 평정을 꿈꾸었지만, 문득 멈추어 돌아보니 세상과 나를 구분할 수 있게 하는 유일한 증거였던 순수한 내 영혼의 눈물샘마저 평정의 사막에서 함께 메말라버렸다는 것을 알게 되었을 때 우리는 슬픔과는 또다른 슬픔을 얻게 된다. 그것은 아마 슬픔 이후의 슬픔일 것이다.

제자들에게 2

한결같은 바다
한결같은 너희들
옛날이야기들 사이로
어릴 때 웃는 모습 그대로다

교장이 왕이었던 작은 학교
우리 반 여덟 똘똘 뭉치면
선생님은 무서울 게 없었다
기억에 색이 덧칠되는 걸 보니

그동안 내가 많이 변해왔나

돌아오는 고속도로를 달리며
너희 꿈들 눈앞에 그려보니
비로소 마음이 놓이는 들키기 싫은 직업병
너희들이 내 거울이다 생각하니
마음이 잠깐 무거워지기도 했다

누가 내게 걱정할 권리를 줬나
내 마음대로 사랑해놓고
부모도 친구도 아닌 존재가 선생이겠지
영원히 해소되지 않을 미안한 마음들

포근했던 파도 소리
너희들 웃는 소리
그래도 오늘은 선생 하길 참 잘했다

천사형 인간

「천사 (형) : 깨끗한, 오해 없는, 그대로 보는, 원하는 걸 아는, 가짜를 찾는, 진짜를 드러나게 하는, 위압하지 않는, 멀리보는, 오래 보는, 기다리는, 유연한, 단호한, 가까이 있는 것부터 잘 살피는, 행동하는, 투사 없는, 의식적이지 않은, 자연스러운, 맑은, 믿어주는, 존재만으로 이타적인, 가만히 있어도 위로가 되는, 그냥 하는, 잘 자는, 잘 자게 하는, 자기 속도에 맞는, 솔직한, 강요하지 않는, 꿈꾸는, 꿈꾸도록 돕는, 붙잡을 줄 아는, 놓을 줄 아는, 분별하는, 확실한, 아끼는, 아낄 줄 아는, 유일한」

천사형 사람과 함께 있으면 나도 천사가 될 수 있을 것만 같다. 그들 앞에서 멋있는 척은 절대 금물이다. 그들은 쉽게 본질을 꿰뚫어보기 때문이다. 그들이 애써 가짜를 찾아낸다기보다는 대부분 가짜들이 그들 앞에서 자신을 드러낼 수밖에 없게 된다. 천사형 사람들은 말을 돌려 하는 법이 없다. 그들은 잘 웃고 잘 묻는다. 잠시 이야기를 나눈 것 같은데 어느새 밑천이 다 드러나게 한다. 깨끗하고 선명한 질문을 애매모호하게 넘기려 해봤자 또다른 질문을 덮어쓰게 될 뿐이다. 그들 앞에서 끝까지 자기를 증명하려고 고집을 피우다가는 얼마 못 가 가시밭 한가운데로 스스로 걸어들어간 꼴이 되고 만다. 그들과의 대화에 정직하게 임하다보면 나도 모르게 주변이 환해지고 거추장스러운 것들이 사라지면서 모든 것이 맑고 깨끗해짐을 느끼게 된다. 그것이 바로 천사의 구원이다. 그들의 뛰어난 직관과 통찰은 언제나 따르지 않을 방도가 없는 단호하고 확실한 이유가 된다. 재미있는 것은 천사형 사람들은 대부분 자기가 천사인지 잘 모른다는 점이다. 가끔 이것저것 물어보면 그냥 자기는 하고 싶은 대로 한 것뿐이라며 의아해하지만 그게 곧 하늘의 뜻과 같음을 정작 자신만 모르고 있다.

형에게

형
음악이나 일이나 하면 할수록 별로 재미가 없네요
형은 어때요

저는 요즘 모든 게 얼마 남지 않았다는 생각으로 살아요
그러면 조금 더 정성을 다하게 되거든요
뭔가에 마음을 쓸 수 있다면 계속 살 수 있어요

사실 많이 외로웠어요

가장 신뢰하던 친구를 잃었기 때문이에요
내가 이유를 더 묻지 않았던 건
그럼에도 계속 살고 싶었기 때문이에요

상처가 크고 깊어서 잊혀지지 않아요
전화기 너머로 시시덕거리던 사람들을
마음속으로 수십 번씩 죽여왔어요
하지만 곱씹으며 살지는 않아요
구겨진 종이를 다시 펼 수 없을 뿐이에요

나에게 우리에 관해 묻는 이들이 없다는 게 이상했어요
물론 나는 아무 말도 하지 않았겠지만요
혼자가 된다는 건 이런 것이구나 알게 됐어요
형을 잃고 처음으로 나 자신과 불화하는 법을 배웠어요
이젠 미워할 수 없는 사람은 사랑하지도 않으려고요

형
일생에 몇 번 찾아오지 않는 중요한 시절이 있잖아요
나는 틀림없이 그때를 형이랑 함께 보냈어요
형에게 그때는 어떤 의미가 되었을까요

언젠가 우리는 그때의 진실을 이야기 할 수 있을까요
이야기를 나누면 그게 진실이 될까요

가끔씩 형 음악을 찾아 들어요
모든 게 제자리인 듯 또 너무 많은 게 변했네요
나도 그리고 형도요

편지

    안녕하세요. 담임입니다. 그동안 가정에 즐거움 많으셨는지 궁금합니다. 학교에서 아이들 지내는 모습 보면 가족 모두 잘 지내고 계시는구나 생각이 드는데 어떠셨을까요. 11월이라니 벌써 한 해가 저물고 있네요. 날씨가 추워지고 몸이 움츠러들기 시작하니 아이들과 헤어질 날이 점점 가까워 오는구나 생각합니다.

    올해 아이들 마음속엔 무엇이 남았을까요. 저와 부모님들이 원하는 것과 상관없이 아이들은 아이들 나름대로 열심히 자라왔겠지요. 아이들은 늘 제자리인 것 같다가도 어느 날 문득 스스로 해내고 있는 모습들을 보면 믿고 기다리는 게 제일이라는 걸 다시 알게 됩니다. 때론 꾸중을 하기도 하고 아이들이 원치 않는 것들을 끝까지 해보도록 붙잡기도 합니다. 잠깐 어렵고 먼 길로 돌아가더라도 이 역시 배우는 중이라 생각합니다. 남은 시간도 실수하지 않고 반듯하기보다는 다소 투박하더라도 정직하게 배우도록 가르치고자 합니다. 자기 물건 정리도 어렵고 쉬는 시간 끝나고 자리에 돌아오는 것도 어려웠던 아이들이 이제는 자기의 리듬과 속도로 크게 모자라거나 지나침이 없이 생활하는 모습을 보면서 대견한 마음이 많이 듭니다. 많은 것을 처음 배우는 시기에 학교가 안전하고 즐거운 곳이라는 것만 맘에 남아도 참 좋겠습니다.

2학기에는 조금씩 학습의 비중을 높여왔습니다. 글쓰기와 글 읽기도 꾸준히 열심히 하고 있습니다. 한글의 경우에는 외워야만 하는 받침들이나 아이들이 말이나 글로 자주 쓰지 않는 낱말들은 여전히 틀리기도 하고 어려워도 하지만 이런 것들은 시간이 지나면 자연스럽게 알게 되는 부분이니 꾸준히 책을 읽고 할 수 있는 만큼 자기 생각을 글로 쓰는 기회를 갖는 것이 중요하겠습니다. 몇몇 아이들은 아직도 소리에 알맞은 자음을 쓰는 것을 어려워하기도 합니다. 모르는 것을 외우게 하거나 기계적으로 연결시켜보려 해도 아이들에게는 쉽지 않습니다. 글자를 이해하는 방식이 완전히 다르기 때문입니다. 글자를 자음과 모음의 결합으로 이해하기보다는 낱말의 생김새 자체를 시각적으로 외우는 아이들도 많습니다. 2학년이 되면 아무래도 1학년 때에 비해서는 글 읽기와 글쓰기에 속도가 붙을 것이기 때문에 남은 시간 동안에는 일상에서 자주 사용하는 말들을 꾸준히 써보면서 익숙해지는 노력이 필요하겠습니다. 우리반 아이들이 평소에 일기장에서 자주 잘못 쓰던 글자들을 함께 공부하고 있습니다. 아이들 글쓰기 수준이 크게 다르지 않기 때문에 다른 친구들이 어려워하는 글자들도 함께 살펴보면서 공부하면 많은 도움이 됩니다. 곧 가정으로도 보내드리겠습니다.

수학 교과는 아직 학습 내용이 그렇게 많지 않지만 시계 보기와 같이 일상생활에 꼭 필요한 내용들이 많기 때문에 가정에서 잠깐씩이라도 대화를 나누어주시면 많은 도움이 되겠습니다. 1학년 교육 과정상 삼십 분 단위로 시계보기를 공부합니다만 아이들은 자연스럽게 오 분 단위까지도 궁금해합니다. 아이가 궁금해할 때 시계와 시간에 관한 이야기를 나눠주시거나 삼십 분 단위 정도의 시간 약속을 만들어보는 것, 아동용 시계를 하나 구입해주시는 것 등 작은 관심으로도 학교에서 배운 내용이 일상 속에서 실제로 의미 있게 연결된다는 걸 알게 됩니다. 배움이 유용하다는 걸 알게 되면 아이들은 스스로 배움의 주인이 되기 위해 노력합니다.

학습의 비중이 조금 높아지는 것과 더불어 교실에서 관계 형성을 위한 담임 중심의 활동들은 거의 아이들에게 주도권을 이양하고 있습니다. 예를 들어, 1학기에 아이들이 아주 적극적으로 참여했던 밥 친구라든지 정기적인 교실 놀이 등의 시간을 조금 줄이고 쉬는 시간에 친구들끼리 더 많은 시간을 보내도록, 꼭 필요한 일로 선생님을 찾도록, 친구들끼리 많이 이야기를 나누고 직접 부딪치며 문제를 해결해보도록 돕고 있습니다. 친구들과 직접 상호작용하는 시간이 많아질수록 좌충우돌 티격태격 하는 일도 많아지는 것이 사실입니다. 그만큼 조정하는 방법도 함께 배우고 있으니 걱정하지 않으셔도 괜찮습니다. 아이들이 이야기 나누고 생활하는 모습들 곁에서 잘 살피며 생활하고 있습니다.

보통 아이들이 3~4학년이 되면 또래 집단기를 거치면서 주변 친구들과의 관계가 그 무엇보다 중요해지는 시기를 맞습니다. 요즘은 더 빨라지고 있다고 하고요. 친구들과 잘 지낸다는 건 무엇일까요? 흔히들 초등학교 교실에서는 '고마워' '미안해' 이 두 마디만 잘해도 거의 별다른 문제가 일어나지 않는다고 하지요. 아이들은 말 한마디에 정말로 괜찮아지곤 하니까요. 학교에서 여러 아이들을 만나면서 회복 탄력성의 중요함을 많이 느낍니다. 예전에 편지에서 잠깐 말씀드렸던 적이 있지요. 회복 탄력성은 어려움을 만났을 때 곧 스스로 회복할 수 있는 힘입니다. 아무리 바르고 착하다는 아이도 친구와의 갈등, 예상치 못한 어려움을 겪지 않고 자랄 수는 없습니다. 언제까지나 어른들 품속 멸균실에서 아이들을 기를 수 없고 교실만 해도 작은 사회로서 온갖 생각들이 부딪치며 늘 갈등이 있게 마련입니다. 아이들은 여러 가지 경험들 속에서 스스로 몸과 마음의 균형을 찾아야만 합니다. 비슷한 정도의 문제 상황이 생겼을 때 어떤 아이들은 당장 해결 방법을 찾거나 즉시 해결하지는 못하더라도 금방 자신을 회복하여 일상으로 쉽게 돌아가는 반면, 어떤 아이들은 뜻대로 되지 않는 아주 작은 일에도 자존감에 상처를 너무 많이 입거나 온갖 이유들을 생각해내어 스스로를 괴롭히기도 하고, 부정적인 감정을 계속 강화하기도 합니다. 왜 이런 차이가 생기는 걸까요.

문제를 만났을 때 어떤 마음으로 다시 걸어가야 하는지를 제대로 배우지 못한 경우가 많습니다. 아이들은 지식을 쌓는 공부와 함께 온 힘을 다해서 관계를 만들고 견디며 조정하는 힘을 배워야 합니다. 정답이 없는 문제에 대해 자신만의 리듬을 찾아가야 합니다. 주변의 어른들은 아이들이 겪는 어려움 자체를 존중할 수 있어야 하고 어떻게 하는 것이 진정으로 아이를 자라게 하는 일인지 세심하고 섬세하게 살피되 선명하고 확실한 태도로 아이들을 대할 수 있어야 합니다. 때로는 단호하게 말해주는 것이, 때로는 말없이 눈빛만으로 소통하는 것이 아이들을 키우는 방법일 수 있습니다. 아이의 감정이나 정서에 대해 친절하되 행동에 대해서는 단호할 수 있어야 한다는 것도 같은 맥락이겠지요. 이 모든 방법들보다 항상 더 중요한 것은 아이와의 신뢰와 유대관계라는 점은 잊지 말아야 하겠습니다. 아이들 각자의 성격이 다르고 가정마다 분위기도 많이 다르겠지만 아이들이 스스로 힘을 기를 수 있도록 돕는 방향이라면 될 것입니다.

학기 말이 되니 곧 다시 새롭고 낯선 교실에 가야 한다는 것을 미리 걱정하는 아이들도 있습니다. 아이들은 꾸준히 자주 변화합니다. 내년이면 새 친구들과 함께 새로운 마음으로 새로운 것을 많이 배울 수 있을 거라고 자주 말씀해 주셨으면 좋겠습니다. 배움은 때로 힘들고 고된 일이기도 하지만 그 자체로 달콤한 것이라는 의미를 담아 12월 헤어지는 날에는 맛있는 쿠키를 하나씩 나눠 먹으려고 합니다.

부모님들께 편지에 긴 글을 담아 보내면서 저를 되돌아봅니다. 아이들이 올해를 건강하게 잘 마무리하고 새로운 학년에서 무리 없이 적응할 수 있도록 남은 시간 함께 노력하겠습니다. 12월에는 올해 마지막 편지를 드리겠습니다. 쌀쌀한 계절에 늘 건강하시고 웃음 많은 날들 이어지셨으면 좋겠습니다.

2019년 11월, 담임 드림

서른

오래된 먼지를 털어내는 일

언젠간 내 맘에도 빛이 들까

가만히 누워 있는 오후

영화를 네 편쯤 보았을 때인가

한 오 분 나가서 걷고 올까

이렇게 살 수도 없고 죽을 수도 없을 때

서른 살은 온다던 최승자의 시를 곱씹으며

내가 애쓰지 않았는데

내 것이 되어버린 것들을

껴안지도 못하고

버리지도 못하는 날들

천문대에서

천문대에 올라가는 동안에도 별을 볼 수 있을 거라는 기대는 하지 않았다. 레이저포인터로 별자리를 그려대는 사람들 사이로 이름 없는 별들을 세보았다. 나는 진정 누군가의 즐거움을 함께 느껴본 적이 있었을까 생각하다 천천히 또 갑자기 떠오르는 얼굴들. 커다란 망원경으로 별을 보는 사람과 무릎을 꿇고 밤하늘에 기도하는 사람이 서로 친구가 될 수 있다면 좋겠다. 멀리 촛불 같은 도시를 바라보다 전화를 받았다. 술만 마시면 사실은, 사실은 말을 시작하는 선배에게 한낮의 일상들은 사실이기가 어려웠나보다.

불안

    놈은 애초에 나와 정면으로 겨루어볼 생각이 없다. 어딘가에서 작은 점처럼 조용히 머물고 있다가 내가 무언가를 사랑하게 되었을 때, 이때만을 기다렸다는 듯 순식간에 선이 되고 면이 되더니 곧 온 공간을 뒤덮으며 나를 희롱하기 시작한다. 가장 취약한 환희의 순간에 모든 것을 보랏빛으로 물들이며 온몸을 휘감아 흔들어대는 것이다.

마른 새가 되어

한 마리의 마른 새가 되어 저 먼 수평선으로 나는 꿈을 꾼다. 넓은 바다 위를 천천히 유영하는 꿈. 그러나 나는 함께 생각한다. 땅 아래의 온갖 것들이 서로 부딪치며 발생하는 어떤 뜨거운 것들을. 그것들로부터 결국 내가 살아 있음이 확인된다는 것을. 사랑하고 있는 것들이 내뿜는 눈먼 열정들에게 안경을 올려 쓰던 날 나는 알게 되었다. 어느 밤 가없은 나의 사랑이 내 몸 모든 곳들에서 빠져나간 뒤 다시는 돌아오지 않았다는 것을. 나는 그렇게 아무것도 발생하지 않는 평정을 좇으며 천천히 죽음을 향해 날고 있었다.

저수지

오전 내내 입에서 쇠맛이 났다. 어젯밤 와인에 취해 오
프너를 물고 있었기 때문이다. 날씨가 흐리다. 사는 곳 근
처에 소중하게 여기는 장소가 있는지를 묻는 인터뷰에 답
하기 위해 오랜만에 사연의 무덤을 찾았다. 콘크리트가
드러난 마른 저수지 바닥에는 별의별 것들이 다 있다. 액
자들, 온갖 금속 장신구들, 유리병들. 북쪽 제방 근처에는
9인승 흰색 밴이 물밖에 드러나며 침묵을 강요하고 있다.
서로 관련이 없고 어울리지 않는 낯선 사물들이 병치되며
초현실적으로 보일 수 있는 장면이지만 전경과 배경의 분

리 없이 공평하게 뒤덮은 연한 물이끼와 빛에 반사되는 녹슨 쇠붙이들의 색감 덕분에 모든 것들이 해 지는 오후의 윤슬처럼 아름답고 조화로워 보인다. 이곳의 규칙은 서로가 서로에게 사연을 묻지 않는다는 것이다. 각자의 운명을 받아들인 채 적어도 이십 년을 물속에서 보낸 것들에게 위로나 동정 같은 건 지연된 환멸이 될 뿐이다. 오래된 유적 위에서 수많은 비극과 영광을 기리는 마음으로 콘크리트 바닥 위에 불붙인 담배를 얹어둔다. 제방 위를 오르다 틈 사이로 은은한 노란빛의 동전을 보았다. 놓여 있던 자리를 기억하기 위해 애쓰며 집어 들었다. 쌍두 독수리와 키릴 문자가 양각되어 있었다. 러시아와 콘크리트, 콘크리트와 저수지. 광장과 혁명, 죽음과 영광…… 동전의 사연을 묻지 않기로 했다.

이방인

서울에서 즐거운 날들이 많았지만 서울은 서울이다. 여기에 집을 짓고 살아도 아마 내게 서울은 서울일 것이다. 아무리 많이 걸어도 이곳에 내 발자국이 남아 있지는 않을 것 같지만 그래서 오히려 지금을 아껴 살고 싶다. 어느 곳에 있든 영원히 이방인이 될 수 있는 것도 복이라면 복일 텐데 가끔 오늘같이 내게 주어진 특별한 순간에는 아주 조금은 더 명랑하고 싶다. 정성껏 잘해야지.

골목에서

무얼 하며 늙어가야 할까
담뱃불 같은 가로등을 세며 걷다가
어두운 골목에서 신발끈을 묶었다
쓰레기를 버리러 온 사람들은
쓰레기의 심정을 모르지
모든 게 너무 쉬워서
나는 혼자 멍하니 서 있다가
아름다웠던 것들이라곤 느껴지지 않는
지옥 같은 타인과의 삶 속에서 살면서

오늘로부터 마침내 무엇이든 남겨야 한다

계속 살기 위해서

건강검진

　몸이 너무 안 좋아서 시간을 내어 몇 가지 검사를 했다. 검사 결과를 듣기 위해 어제 오후 병원으로 전화를 걸었다. 통화음이 가는 잠깐 동안 창밖으로 비에 떨어지는 나뭇잎들을 보았다. 내 몸도 이 계절처럼 저무는 때이면 어쩌나 조용히 두려웠다. 바쁘게 전화를 받은 간호사분이 숨 고를 틈도 없이 다닥다닥 말해주는 것들을 제대로 알아듣지 못하다가 이번 검사로 검진 가능한 모든 것이 정상이라는 마지막 말을 듣는 순간 침침했던 두 눈이 맑아지며 온 세상이 아름다워 보였다.

계절

봄은 화분

여름은 물결

가을은 오후

겨울은 종소리

한때 나를 사랑했을지도 모르는 사람들에게

　때론 가슴을 쥐어뜯으며 눈알을 도려내는 심정으로 말하게 될 진심어린 순간에도 나는 당신들이 생각하는 그런 사람은 아닙니다. 늦은 밤 나의 말들을 다 믿었다면 당신은 반드시 나에게 배신당하고 말 것입니다.

　나는 어느 흐린 날 고독과 외로움의 법정에서 재판을 받게 될 겁니다. 애초에 당신을 속이고 싶은 마음이 없었다는 점에 있어서는 틀림없는 무죄이나, 당신이 나를 마음껏 오해하도록 내버려둔 점에 있어서는 영원한 유죄일 것입니다. 원고는 사랑하는 사람에게는 스스로를 정직하게 드러내고 설명해야 한다는 의무를 충실히 이행하지 않았다는 점을 들어 나에게 징역 십오 년을 구형할 것입니다. 이후 몇몇 사건에서 사실상 타인의 영혼을 살해한 혐의까지 가중되어 나는 결국 재판부로부터 징역 이십칠 년을 선고받게 될 것입니다. 그로부터 내 젊음은 쇠창살과 함께 녹슬어갈 것이며, 나의 정신과 육체는 길고 영원한 잠을 향하게 될 겁니다. 마침내 이 부끄러운 삶의 마지막날이 온다면 나는 마음 깊이 아껴두었던 선율을 꺼내어 조용히 노래를 지어 부르겠습니다.

'무엇도 사랑하지 않았던 사람이 세상 모든 사랑을 노래했네. 그것이 사랑이었다면 난 차라리 모든 것을 사랑했노라 말하겠네.'

가을, 아름다운 것들

시시한 말들 사이로 해가 지고 있다
황당한 시간들이 황당하게 지나간다

더 잘 쓰고 잘 노래하기 위해서는
더 사랑해야만 한다는 걸 알고 있다
그러나 세상에서 가장 건너기 힘든 것은
아는 것과 실천하는 것 사이에 흐르는 강
행복은 반복인가 발견인가
허락된다면 영원히 미숙하고 싶다

이곳도 저곳도 아닌 곳에서
차라리 불안으로 쓰고 불안으로 노래하겠다

아름다운 것들이 조금씩 눈앞에 보일 때쯤
가을은 이미 그곳을 떠나고 있었다

강물이 흐른다

흐른다는 건 멀리서 보면 어디론가 함께 움직이는 것이지만 가까이에서 보면 같은 곳이 계속해서 새로워지는 것이다. 주저 없이 머물던 자리를 내어주고 끊임없이 빈자리를 따라 메우며 앞선 것들과 뒤따르던 것들이 어디론가 함께 움직이는 것이다. 이동과 교체, 교체와 이동은 서로에게 이유이거나 필요가 되며 그렇다보니, 그래서, 그러기 위해서 흐른다.

아름답게 반짝이는 강물을 바라보면서 어느새 흘러가

버린 내 젊은 날의 사랑과 수백 수천 년 전 이 강가에서 다른 이를 죽여야만 내 땅과 가족을 지킬 수 있었던 인류의 야만을 함께 떠올리게 되는 것은 오랜 시간 그 모든 것을 품은 채 한결같이 흐르는 저 묵묵한 강물의 태도 때문이다.

장마 앞

물속이다 생각하고
숨을 오래 참았습니다
이대로 슬픔이 더 커지면
곧 다가올 장마를 견디기 어려울 겁니다

안경을 오래 썼는데 목이 마릅니다
언제부터인지 몸에 잠을 처방해도 잘 듣지 않습니다
어제는 한 번에 책장을 두 장 넘긴 줄도 모르고
침을 꼴깍 삼키며 주인공의 비극을 염탐하였습니다

황급히 되돌아갔다 다시 펼친 자리에는

상심한 이들의 저녁 식사가 차려져 있었습니다

나는 말린 가지를 몇 개 집어먹다가

마주앉은 사람에게 유리잔을 던져버리고 싶었습니다

내일은 조금 걸어야겠습니다

몸속으로 땀이 나면 좋겠습니다

내가 나를 돌보기 시작했다는 걸

당신은 영원히 몰랐으면 좋겠습니다

글과 노래

글이 사막에서 장화를 신고 걷는 것이라면
노래는 빙판 위에서 구두를 신고 추는 춤이었다

온 세상이 나를 오해하더라도 괜찮은 이유는
글과 노래에 진짜 나를 감추어두었기 때문이다
오직 당신에게 발견되기를 기다리며 숨겨둔 것들

어느 한순간만이라도 더 사람다울 수 있기를 희망하며
마침내 그것들이 필요하지 않게 되는 날을 기다린다

꿈

내가 진정 원하는 것이

사람들이 원하는 것이 되는 꿈

사람들이 진정 원하는 것이

내가 원하는 것이 되는 꿈

다정하다고 말해주세요

1판 1쇄   2022년 5월 10일
1판 2쇄   2022년 7월 1일

지은이   권나무

책임편집   이희숙
편집   나희영 이희연
디자인   최정윤
마케팅   채진아 황승현
브랜딩   함유지 함근아 김희숙 안나연 박민재 박진희 정승민
제작   강신은 김동욱 임현식

펴낸이   이병률
펴낸곳   달 출판사
출판등록   2009년 5월 26일 제406-2009-000034호

주소   10881 경기도 파주시 회동길 455-3
✉   dal@munhak.com
🐦ⓕ🅾   dalpublishers

전화번호   031-8071-8682(편집)
        031-8071-8673(마케팅)
팩스   031-8071-8672

ISBN   979-11-5816-149-1 03810